인
어
공
주

이
야
기

김종호 장편소설
인어공주 이야기

초판 1쇄 발행 2011년 7월 4일
초판 2쇄 발행 2019년 10월 28일

지은이 김종호
그린이 허남준
펴낸이 이광호
펴낸곳 (주)문학과지성사
등록번호 제1993-000098호
주소 121-894 서울 마포구 잔다리로7길 18(서교동 377-20)
전화 02) 338-7224
팩스 02) 323-4180(편집), 02) 338-7221(영업)
전자우편 moonji@moonji.com
홈페이지 www.moonji.com

ⓒ 김종호 · 허남준, 2011. Printed in Seoul, Korea
ISBN 978-89-320-2201-7

인어공주 이야기

김종호 장편소설
허남준 그림

문학과지성사
2011

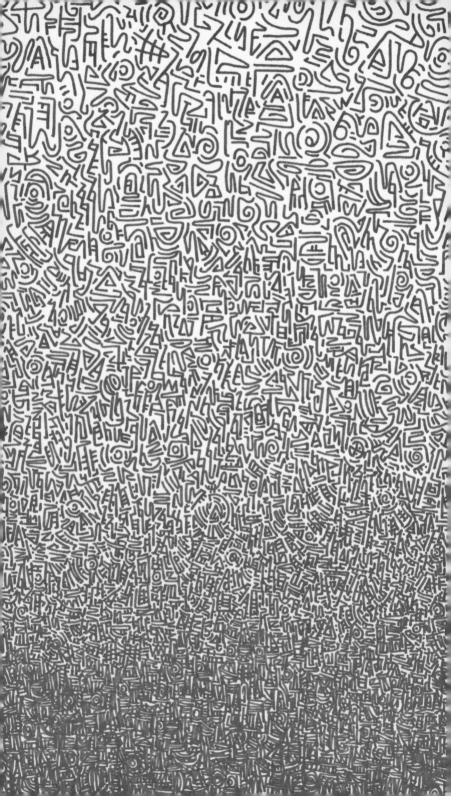

사랑하는 아내 이은경에게 이 책을 바칩니다.

# 차례

프
롤
로
그

## ⟡ 프롤로그 ⟡

커다란 가마솥 속에 달달 끓고 있는 걸쭉한 수프에서는 지독한 냄새가 끊임없이, 구렁이처럼 흘러넘친다. 여자는 제 키만큼이나 큰 주걱을 얼굴을 찌푸리며 휘휘 젓다가, 가끔씩 손가락으로 수프를 찍어 맛을 보곤 했다. 여자의 얼굴에는 약하게 푸른 기운이 떠돌고 있었다. 여자는 허리가 끊어질 듯 기침을 내뱉고는 지저분한 소맷자락으로 입가를 쓱 문질러댔다. 방 한쪽에는 낡은 침대가 놓여 있었다. 침대 맡에 어지럽게 쌓아 올려지거나 아무렇게나 펼쳐진 책들이,

침대가 바짝 붙여진 벽, 천장에서부터 타고 내려온 푸른곰
팡이가 책 속으로 계속 빨려 들어가는 것처럼 보였다. 가마
솥에서 흘러나오는 몽클몽클한 김이 사물들을 흐릿하게 만
든 때문일까? 방 안의 지독한 냄새를, 여자는 창을 열어 환
기시키고 싶은 마음 따위는 없는 것 같았다.

　　여자는 침대 반대편에 있는 작은 냉장고에서 지난밤쯤
꺼내두었다 잊어버린 것 같은, 목이 댕강 날아간 볼품없는
닭 한 마리의 다리를 잡고 개수대 앞에 섰다. 닭고기는 마
룻바닥을 향해 축 늘어진 채로, 뭔가 물크러지고 금빙이라
도 녹아내릴 것 같아, 당신과 나는 울렁거리는 가슴을 한번
쓸어내린다. 여자는 곧 잘린 목울대쯤에서 시큼한 냄새의
육수가 줄줄 흘러내린다 해도 놀라지 않을 표정을 짓고 있
었다. 개수대에 쌓여 있는 수십 개의 접시와 컵에는,
새카만 기름 덩어리와 불그죽죽한 소스가 덕지
덕지 붙어 있었다. 반쯤 열린 냄비 안의 음
식물 쓰레기는, 지난여름 여자의 발길에
채어 죽고 나서도 일주일이나 방치됐었던
개 새끼의 길쭉한 혓바닥을 닮았다.
가마솥에서 나오는 몽클몽클하고
축축한 김과 개수대의 냄새가 섞여
곧 구역질이 올라올 것만 같았지
만, 여자는 아무렇지도 않게
닭다리를 붙잡고 움직이려
하지 않는다. 아니 뭔가에 얼이
빠진 것 같기도 한 것이, 아마

도 여자의 몸속에서 빠져나온 여자는, 여자의 과거 어느 시점까지 흘러가버리고 껍데기만 남아 있는 건지도 모르겠다. 당신과 나는 절대 여자가 머물고 있는 다른 시간을 헤집고 바라볼 수가 없다, 없었다.

당신과 내가 더 이상 여자의 시간을 비집고 들어가는 걸 포기하고 한숨을 내쉴 즈음에야 여자는, 고깃덩어리를 쥔 채 축, 팔을 늘어뜨리고 거실 가운데에 부글부글 끓어대는 가마솥 앞까지 걸어갔다. 그리고 미련 없이 가마솥 안에 닭고기를 던져 넣었다. 첨벙, 하는 소리와 함께 암죽색 수프가 통 마룻바닥에 튀어 넘쳤다. 여자는 내가 당신을 생각하면서 자위를 한 뒤 누런 장판에 흘린 정액을 멍하니 쳐다보던 때처럼 잔뜩 몸을 구부리고 앉아, 넘친 액체를 닦을 생각도 하지 않고 노려본다. 그때도 여자는 다른 시간을 여행하고 있었을 테지만 여전히 당신과 나는 그 시간 속으로 다가갈 수 없었다. 벽에 걸린 작은 뻐꾸기시계에서 뻐꾸기 인형이 뻐꾹뻐꾹 울 때마다 시간이 따라 흘러넘쳤고, 그 시간은 곰팡이와 함께 서로 꼬이듯이 섞여 책 속으로 계속 빨려 들어갔다. 책은 곰팡이와 함께 시간을 계속 잡아먹었다. 당신, 왜 한숨을 내쉬는 거지? 당신은 대답했다. 내가? 당신은 자신이 한숨을 내쉰 것도 모르는 것 같구나.

당신은 다시 여자를 쳐다봤고 나는 끓어 넘치는 가마솥에서 시계로, 시계에서 책으로 시선을 옮겼다. 바람이 부는 것도 아닌데, 시간을 잡아 먹을 만큼 먹은 페이지가 저절로 넘겨졌다. 여자는 책으로 제 시선을 옮기는 듯하다, 곧 외면해버렸다. 무시하는 것 같기도 했고 뭔가를 두려워하는 것 같기도 했지만, 역시 당신과 나는 아무것도 알아낼 수가 없다. 방 안은 넘쳐날 것으로 가득 차 있었다. 모든 것이 넘쳐나고 있었지만 여자는 이 과도한 방에 익숙해져 있는 것 같기도 했다. 숨을 쉬기가 힘들었지만 그것도 이미 익숙해진 것처럼 보였다.

당신과 나의 아가미가 할딱거리며 열렸다 닫히기를 반복한다.

당신과 나는 속이 울렁거렸고 한쪽 머리가 깨질 듯이 아팠다. 알약을 물도 없이 우격우격 씹어 삼킨 뒤에야 여자를 다시 쳐다본다. 나는 더 이상 숨을 참을 수 없어 고개를 쳐들었다. 뚝뚝 물방울이 이마에서 미끄러져 여자의 방, 천장 언저리까지 차오르는 시간 위에 동심원을 그리며 떨어져 내린다. 당신은 아직 머리를 깊숙이 처박은 채 여자를 보고 있었다. 당신의 어깨는 너무 좁아서 기형적으로 보인다. 단정하게 빗은 갈색 단발머리도 버짐 번진 얼굴처럼 피곤해 보인다. 낯선 당신은 언제까지나 낯설다. 그것은 내가 당신을 본 순간 세계의 시간이 멈춰버렸기 때문이다. 언제나 같이 있어도 낯선 것은 어쩔 수 없는 것이다. 나는 숨을 깊이 들이쉬고 다시 고개를 여자의 방에 들이밀었다. 여전히 거실 한가운데에서 가마솥은 달달 끓여지고 있었다. 여자가 마침내 일어나 허리를 꼿꼿이 펴고 고개를 들어 천장을 올려다본다.

그제야 여자의 얼굴을 자세히 볼 수 있게 된 당신과 나는 그 얼굴을 묘사한다. 묘사하고 알아본다. 알아보고 이해한다. 내가 먼저 여자의 콧잔등에 난 물사마귀를 알아보면, 당신은 길고 가늘게 찢어진 눈과 늘어진 눈두덩을 이해한다. 당신은 말하지 않는다. 나도 말하지 않았다. 여자의 약간 비뚤어지고 벌어진 마른 입술이 당신에게 알려지자, 중이염 탓에 흘러내린 고름이 천천히 딱지처럼 여자의 귓바퀴에 들러붙는 것을 이해한다. 우리는 머리보다 가슴이 먼저 여자를 알아봤다. 가슴이 계속 뛰었다. 우리는 모든 문장을 알아본다. 머리보다 가슴이 먼저 알아보고, 가슴은 멈추지 않고 뛴다. 우리가 알아본 문장들도 결코 끝나지 않을 것이다. 우리는 알아보고 알게 된다. 모든 것을 이해할 수 있었지만, 이해는 우리가 알아서도 안 되고 알아볼 수도 없는 왼손으로 흘러들어가, 당신의 맞잡은 오른손을 타고 발가락으로 내려갔다.

나는 당신의 발가락을 빨기 시작했다. 당신도 내 발가락을 빨다가 몸을 더듬어 올라와 허리를 꼬옥 껴안고 가슴에 얼굴을 부벼댔다. 내 작은 젖꼭지를 당신이 내 등을 타고 만 바퀴 감은 채 잘디잔 앞니로 깨물고 빠는 동안에도 나는 결코 당신의 발가락을 놔주지 않겠다고 생각했다. 우리의 매듭은 아무도 풀 수 없을 만큼 질기게 꼬여들어갔다. 당신이 젖꼭지를 앞니로 콱 깨물었을 때, 나는 당신을 처음 만난 그때처럼 당신 앞에서 움직이지도 못하고 말도 입을 뚫고 나올 수가 없었지, 없었다고 당신에게 속삭거렸다. 지금도 나는 당신의 발가락을 빨면서 속삭거렸다.

여자가 픽 웃음을 흘리자 비로소 우리는 다시 여자를 쳐다볼 수 있었다. 여자는 침대 밑에 떨어져 있는, 시간과 곰팡이를 먹는 책을 들어 탁 덮어버리고, 마룻바닥에 던져버렸다. 책은 발이라도 달린 듯 침대 밑으로 다시 퉁퉁 굴러 들어갔다. 눈깔이 하나밖에 안 달린 이 책은 삐친 것처럼 메메 긴 혓바닥을 내밀었다. 한참 동안 씩씩거리던 책은 얼마 후 무릎을 감싸고, 고개를 푹 숙이고 끽끽 울다가 잠들어버렸다.

여자가 피곤한 듯 하품을 했다. 여자는 몇 번 몸을 뒤척이더니 눈을 감았다. 그러자 당신과 나는 아무것도 볼 수 없게 되었다. 여자의 눈꺼풀 아래로 세계가 숨어버린 까닭이다. 당신과 나는 다시 서로를 더듬어 서로의 발끝에서 서로의 시간을 빨아먹기 시작했다. 우리가 빨아먹은 시간은 서로의 똥구멍으로 배설되었다. 우리가, '우리가'라고 말한다. 당신은 뼈가 없고 나는 뼈만 있다. 당신은 내 살을 다 발라 먹었다. 나는 시간이다. 나는 당신의 뼈대를 뽑아 똑똑 분질러버린다. 당신도 시간이다. 우리는 서로를 먹고 서로를 배설하는 시간이다. 우리의 시간은 그대로 멈췄다. 여자의 주문은 이 좁디좁은 세계 전체를 멈추게 만들었다. 여자의 방은 너무 어두워서, 누군가가 문을 두드리며 들어온 어느 날, 우리는 그 어둠 속에 우리의 집을 만들고, 우리가, '우리가'라고 말하는, 당신과 나는 어둠에 녹아버렸다. 녹아서 어둠이 되었다.

그날 밤이 비로소 어두워지기 시작한 오후 다섯 시나 여섯 시 즈음. 여자네 집 현관이 열리자, 왈칵 큼큼한 냄새가 문밖으로 빠르게 빠져나갔다. 밖에 선 계집아이가 얼른 코를 쥐면서 여자에게 말했다. 제대로 찾아왔나요, 제대로 찾아온 것 같군요, 제대로 말이에요.
여자는 대답하지 않고, 현관문을
더 활짝 열어젖혔다. 여자는 입
을 열지 않고도 몸속에 감춘
수많은 혀를 날름거리면서
말들을 만들 줄 안다. 당
신과 나도 그런 것쯤은 할
수 있다. 입은 다물기 위해서
찢어져 있는 거니까. 우리의
혀. 여자의 방에 들어온 계집
아이는 어려도 너무 어려서,
저 속살에 당신과 나의 날
카로운 송곳니를 콱 박아
넣었으면 싶을 정도였다. 계집아이는 마음에 안 든다는 듯
주위를 휘휘 둘러보고는, 집게와 엄지손가락으로 다시 코
를 쥐고 조심스레 여자의 방으로 들어왔다. 여자의 혀들이
말을 만들자 일제히 방의 벽들과 책들과 시계, 시간들이 쉿
소리를 냈다.

　　—몇 살이니?
　　—열다섯.
　　—우리 집엔 왜 왔니?
　　—왜 오긴요 꽃 따러 왔지요.

계집아이는 징그럽게 눈웃음을 치며 말했다.

─여기는 네가 생각하는 그런 곳이 아니란다.

─무슨 생각이요?

─네가 있을 만한 곳도 아닐 텐데.

─아무려면요.

계집아이는 손목을 잔뜩 치켜들어 코를 꽉 움켜쥐고는 코맹맹이 소리로 앵앵거린다. 당신과 나는 킥킥거리면서 몸을 길게 늘이고 목도 길게 늘이고 팔과 다리도 길게 늘여, 벽을 타고 벽 안에서 슬금슬금 기어 내려와 여자와 계집아이의 발바닥 밑까지 내려갔다. 당신은 계집아이의 꼬리를 살살 만지고 나는 부스럼 이는, 꼬챙이처럼 가늘고 곧은 여자의 뒷다리를 드득드득 긁어댄다. 당신은 계집아이의 꼬리가 시작되는 둔덕까지 긴 목을 끄집어내 올라가서는 두 갈래로 갈라진 혓바닥을 날름거리지. 나는 쿰쿰하고 시큼한 냉이 묻어날 것 같은 여자의 Y 주위를 맴돌고. 당신은 봉긋 솟은 계집아이의 젖무덤을 어루만지고, 나는 여자의 볼품없이 늘어진 젖퉁을 쪽쪽 빨아댄다고. 여자가 탁탁, 버릇없는 놈, 발을 한 번 손바닥을 세 번 구르고 치자, 당신과 나는 서둘러 물러난다. 몹쓸 것들. 여자는 마치 당신과 나를 알아보기라도 하는 것처럼, 알아볼 리가 없지. 우리가. '우리가'라고 말하는, 당신과 나는 다시 똬리를 틀고 서로의 몸통에 긴 송곳니를 박아 넣는다.

— 저에겐 여섯 자매가 있어요.

계집아이가 말했다.

— 저를 포함해서 여섯.

여자는 계집아이에게 자리도 권하지 않고, 가마솥의 커다란 주걱을 한 번 휘휘 젓고는 침대 맡에 자리를 잡고 앉았다. 계집아이는 하던 말을 끊고 입술을 지근지근 깨물었다. 당신과 나는 계집아이가 왜 그러는지 알 것 같다. 계집아이는 잠깐 동안, 이제는 방 안의 냄새도 익숙해졌는지, 주저하다가, 주저하는 것 같긴 했지만, 아니 당신과 내가 알 것 같은 건 조그만 계집아이가 삐친 거겠지, 라는 생각이었나 보다. 이내 계집아이는 여자 옆으로 가 침대 옆에 나란히 앉았다.

— 냄새가 지독하지 않으냐?

여자가 말했다.

— 참을 만해요.
— 그래, 이 할미가 네 얘기를 들어줄게.

당신과 나도 네 얘기를
들어줄게.

—첫째 언니는 너무
높이 올라갔고요, 둘째 언니는
움직이질 않아요.
　셋째 언니는 너무 멀리 나
아갔고, 넷째 언니는 언제나 언저리에서 떠돌지요.
　다섯째는 오래되어 언제 올 건지 모르겠어요.

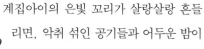

계집아이의 은빛 꼬리가 살랑살랑 흔들
리면, 악취 섞인 공기들과 어두운 밤이
뭉텅 잘리고 패
는 것만 같았다. 당신과 나도 긴
꼬리를 흔들면서 뭉쳐 흩어지는 어둠
들을 잡아먹는다. 그래도 이야기에
헛배가 불러오는 것보단 낫지. 여자
는 계집아이에게 채근한다. 그래, 그
래서? 그래서 어찌 되었니?

언니들

## ≒ 파르반 ≒

　첫번째 언니의 이름은 파르반Parvan. 같은 알에서 깨어났지만 파르반은 아직 오지 않은 시간을 미리 살아버린 까닭에, 치어(稚魚) 때부터 무서운 줄도 모르고 밖을 쏘다녔다네. 파르반의 검은 머리카락은 허리 아래쪽까지 늘어져 있고, 앞으로 헤엄칠 때마다 물풀처럼 흐느적거리는 것이 정말 물풀처럼 보이기도 했지. 어쩌면 그렇게 보이는 것이 아니라 정말 물풀이었는지도 몰라. 햇볕을 쬐면 바짝 말라 붙어버리는. 파르반이 하루 종일 그렇게 밖을 쏘다니다 집에 돌아올 때면 그녀의 몸에서 나는 비릿한 냄새 때문에 코를 꽉 움켜쥐지 않으면 안 되었어. 파르반의 머리채가 풀렁

댈 때마다 바스스 부셔져 흩어지는 마른 물풀들이 시간을 얼마나 거슬러 올라갔던지를 말해주는 것 같았지. 도시의 외진 곳에 서 있던 우리 자매들의 집을 우로보로스처럼 감싸고 도는 시간은 파르반을 놓친 것을 분해하는지, 그녀가 지친 몸을 방에 들일 때마다 알 수 없는 신음을 흘리곤 했다네. 수다스러운 우리 자매들이 아무리 추궁해도 그녀는 입을 꼭 다물고, 먼 미래를 축축하게 끌고 들어온, 그런데도 그 축축한 몸과는 상관없이 말라 부스러지는 머리카락을 조심스레 훔치는 그녀의 오른손은, 가끔씩 그 다문 입을 가리고, 다물린 입안에서 맴도는 말의 잔해들을 억지로 꿀꺽, 삼켜버리곤 했네. 어린 나는 물 위에서 그녀가 본 신기하고 아름다운 세상을, 제 머릿속에서 아껴 먹으려는 심보라고 쉽게 지껄여댔지만, 자매들 앞에서 파르반의 오른손은 입에서 떨어지지 않았고, 닫힌 입에서는 말이 새어 나오지 않았지. 파르반에게 내가 들을 수 있었던 마지막 한마디는, '아름다운 건 슬픈 것이란다, 막내야.' 이 말을 이해하려면 나는 얼마나 더 살아야 하는 걸까, 칫, 하여튼 낮살이나 처먹은 것들은 늘 이 모양이야. 나는 뾰로통 튀어나온 입술을 좀체 집어넣을 수 없었어. 부모보다 더 늙어버린 언니. 부모보다 태어날 때부터 더 오래 살았던 언니가 집 밖에 뿌리를 내린 건 언제쯤이었을까. 우리 자매는 큰언니의 나무를 정성스레 가꾸었지. 물론 그 씨앗, 새싹, 나무가 언니가 집을 떠나 영영 돌아오지 않게 된 마지막 날 심겨진, 언니의 에메랄드 빛 눈물이었거나, 언니가 벗어던진 허물이었다는 걸 우리는 모두 알고 있었어. 언니는 어디로 간 것일까? 언니는 여기에서 무럭무럭 자라고 있단다. 언니는 얼마나 멀리 간 것일까? 언니는 우리 집 정원에서 저렇게 자라고 있지 않니? 그렇지만 언니의 모습은 저렇지가 않아, 언니는 얼마나 오랫동안 떠돌고 있는 것일까? 때가 되기 전에 오르는 것은 자칫, 우리들의 부레를 너무 부풀려버릴 수도 있으니, 조심하거라 아이들아. 자매들은 파르반이 너무 높이 올라가다 그만, 부레에 들여서는 안 될 말들, 바람 같은 말들인 풍문(風聞)을 부주의하게도 한껏 들이켠 탓이라고, 그래서 영영 돌아오지 못할 거라고 말했네. 그러나 언제였더라, 하루 종일 바깥을 쏘다니던 언니가 유독 늦게 들어온 날, 이상하게도 달이 너무나 커다랗게 흔들거리던 날 파르반이 내게 말했었지.

우리 머리맡에서 흔들거리는 저 커다란 달은 사실 달의 그림자란다, 막내야. 달은 저 음침한 그림자보다 훨씬 곱고 밝지. 나는 그 달빛이 산산이 흩어지는 모래밭에 앉아 있기를 좋아한단다. 달을 보고 있으면 자꾸 두근거려, 온몸의 피톨들이 그 온몸을 달구는 듯한 느낌이 들기도 하고, 심장이 터질 뻔한 적도 몇 번인지 몰

라. 파도는 잔잔하고 어디 그림자 지는 곳 하나 없이 고르
게 고운 달빛에 반짝. 막내야, 그런데 오늘은 이상한 일이
있었단다. 이건 네게만 해주는 얘기야. 우리는 아마도 영영
땅에 대해선 알지 못할 것이라고 하지. 그런데 오늘 내 비
늘을 자꾸 흔들던 바람 있잖니, 높은 산에서 자꾸 바다 쪽
으로 불어오던 그 바람 있잖니, 그 바람이 내게 소곤거리더
구나. 아니 그 바람은 단지 말만을 실어 날라 내게 건네준
건지도 모르겠어. 유리 조각같이 흩어졌던 달빛이 그 바람
말에 날려 눈 속으로 들어가버렸어. 눈이 부시고 따가워 언
한 갈퀴로 부벼댔다네, 막내야. 그 말을 네게 들려주고 싶
어. 그 바람 있잖니, 아마 사람들은 그걸 소문이라고들 하
나 봐. 달그림자보다 더 어둡다고들 하는데, 우리야 알 수
없는 일이지만. 막내야, 그것들이 내 눈으로 들어오더구나,
나는 어두워졌고, 눈으로 들어온 말들을 이해할 수가 없어
서 한동안, 이렇게나 늦도록 만지작거리고 있었어. 그 바람
있잖니, 바람이 실어다 준 말은 모래알처럼 눈을 멀게도 한
다더구나. 할머니께서 말씀하셨었지, 믿지 않았었는데, 내
눈이 이렇게 멀어가더구나, 어두워지고 한없이 어두워져만
가더구나.

　파르반은 그렇게 말하면서 눈물을 흘렸지. 눈물이 되
지 못한 말들은 파르반의 몸을 자꾸만 부풀게 했었지. 또르
르 방 안을 굴러다니는 눈물이 너무 예뻐서 나는 몇 알인가
를 주머니에 넣고 방을 나왔어. 그 뒤로도 몇 번인가 파르
반은 늦게, 좀더 늦게 언제부턴지 며칠씩이나 보이지 않기

도 했고, 그럴 때마다
나는 파르반의 방 안에서 굴러
다니는 눈물방울들을 모아 예쁜
유리병에 담아두었다네. 어떤
눈물은 달처럼 붉었고, 어떤 눈물은 향
수처럼 짙은 푸른색이었지. 어떤 눈물은 탁한 말들처럼,
또 어떤 눈물은 당신들처럼 너무나 맑고 투명했다네. 한동
안 책상 구석에 올려뒀던 유리병 위로 낙진(落塵) 같은 무관
심들이 쌓여갔다지. 그리고 파르반을 더 이상 볼 수 없게
되었을 때 무심코 손이 가 열어본 유리병 안에, 그 눈물이
일부는 짠내 나게 녹아 있었고, 또 어떤 눈물에는 싹이 돋
아 있더라. 싹을 알게 되고 이해하게 되자, 그녀가 뭍에 올
라가 접했던 해변의 바람과 소문들을……, 나는 비로소
보게 되었네.

……바다로 흘러 들어간 역
한 것들은 물고기들의 배를
하얗게 까뒤집어버린
다. 어떤 지식들
은 싹도 나기
전에 누렇
게 말라붙었
다. 어떤 부
모는 자식을
삶아 먹었고,

어떤 연인들이 자살할 때, 연인들의 숨겨둔 애인들은 슬피 운다. 사제들이 울리는 종소리와 조종(弔鐘) 소리를 분간할 수 없다. 장례를 치르기엔 너무 비싼 죽은 자들의 값이 산 자들의 몫을 떼어가고, 많은 사람들이 아들과 부모, 연인들의 시신을 바닷가로 밀어 넣었다. 어제 시신을 밀어 넣은 자들이 오늘은 먼 바다로 흘러들어간다. 가끔씩 잔뜩 물을 먹어 썩은, 풍선처럼 부푼 시신들이 떠밀려오기도 했지만, 대부분은 다시 돌아오지 않는다. 날마다 한두 채씩 집들이 비어갈 때미다, 세리(稅吏)들의 장부에는 보도 듣도 못한 세목들이 하나씩 둘씩 생겨났다.

나는 오른손 손목에서 빠르게 빠져나가는 시간 때문에 어지러워 뒷골목의 더러운 계단에 주저앉았다. 쓰레기통을 뒤지던 들개들이, 손목에서 톡톡 떨어지는 진홍빛 시간의 독한 냄새를 맡고는 으르렁거린다. 얼마나 멀리 왔는지도 잊었다. 얼마나 시간이 빠져나가버린 건지도 잊었다. 좁은 뒷골목에는 음식점에서 내어놓은, 검게 그을린 솥단지들이 걸려 있었다. 그 옆에는 딱딱하고 누렇게 굳어 속이 터진 만두가 몇 개 보였다. 솥단지에는 살코기 한 점 없는 뼈다귀들이 들어차 있었는데, 그게 누구의 뼈인지 사람들은 관심이 없었다. 누구의 살점으로 빚은 만두인지도 알지 못하겠다. 더 이상 쓰라림을 느끼지 못할 정도로 손목의 상처는 깊었지만, 시간을 되돌리는 것은 불가능했다. 다시 집으로 돌아가는 길도, 그 길의 표식들도 산새들이 들개들이 도둑고양이가 이미 다 먹어버렸으니.

　　물에 익숙하지 않은 몸은 어깨를 더 좁게 만들고 허리를 굽게 만들었다. 오랜 가뭄에 아름답던 살갗에는 기미와 부스럼과 각질들이 일어난다. 퀭한 눈과 괴괴히 풀린 눈깔을 이리저리 굴려, 그 누구의 살로 빚은 건지 모를 만두를 쳐다보면서 마른침을 꿀꺽 삼켰다. 나는 음식점 주인의 눈치를 보면서 슬며시 만두에 손을 내민다. 내밀다가 바짝 마른 팔이 부끄러워 다시 손을 거둔다. 내 손이 만두에 닿는 순간 음식점 주인은, 마녀에게 겨우 얻은 내 팔을, 붉은 달과 붉은 달에 젖은 붉은 바다와 붉고 붉은 모래알과 그 위에서 붉게 달아오르는 그의 몸을 쓰다듬기 위해 나의 시간을 내주고 얻은 이 팔을 댕강 쳐내려 했을 것이다. 그리고 주인은 어찌 했을까? 잘라낸 팔의 살점을 발라내 팔리지 않는 만두를 다시 빚었을까? 차라리 굶고 말겠다. 그대를 만날 때까지 굶고 굶다가 그대의 손안에서 바스스 부스러지고 말겠다.

　　나는 그대의 손바닥 위에서 춤을 추고 싶었다. 그러나

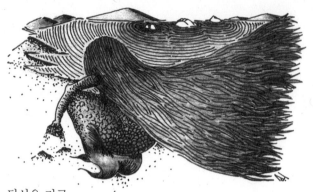

당신은 지금

어니에 있는가? 어니에 있을까? 매일 바다로 떠밀려 가는 시체들 사이에서, 그대도 같이 부풀어 오르고 있을까? 부풀어 오르고 있겠지. 다시, 눈물을 흘릴 때마다 모래의 눈물이, 주먹에 쥔 모래알처럼 흩어지고 있었다.

    물의 사내를 사랑하게 되었어요.
    저의 무엇을 줘야 그이의 사랑을 받을 수 있나요.

    어느 날 나는 느리게, 너무나 느리게 왼쪽으로 헤엄쳐 갔다. 소리들은 귓바퀴를 빠져나가지 못하고 맴돌았다. 또 어느 날 나는 순식간에, 너무나 순식간에 오른쪽으로 솟아올랐다. 소리들이 귀를 찢을 듯한 높은 비명을 내질렀다. 그것은 너무도 느린 시간 속에서 느리게 움직여 갔기 때문에 마치 영원 속에서 영원과 함께 휘감겨 들어가는 것만 같았다. 우리의 의

32

식은 달팽이처럼 서로 꼬여 들어가는 소용돌이를 그리면서, 느리게 켜켜이 쌓인 기억을 헤치고 솟아오르기 시작했다. 가라앉으면서 동시에 솟아올랐다. 찢어질 것 같으면서도 찢어지지 않는 질긴 관계들이 너무나 구체적으로 우리의 눈앞에 저 자신을 드러냈다. 물에 젖은 왼쪽은 퉁퉁 불었다가 심한 악취를 풍기면서 썩어가기 시작했다. 한쪽이 갈기갈기 찢어질 때 나머지 한쪽은 심하게 부풀어 오르면서 썩어가고 있었다. 시간들의 불화. 그 불화를 깨달았을 때 내 뒤통수에 아프게 달라붙은 그의 얼굴은 내가 볼 수 없기 때문에, 오직 볼 수 없다는 이유로 무섭고 무서웠고 자꾸 뒤로 넘어가는 만큼 그의 얼굴은 수그려졌다. 순간 속에서 순간과 함께 우리의 살들은 잘게 저며졌다.

너의 시간을 가져가고, 네게 팔을 내주겠다는 말에 고개를 끄덕인 때부터 나의 비극은 시작되었겠지. 막내야, 내 허물은 잘 자라고 있니? 나는 아직도 자꾸 벗겨지는 허물들을 내가 걸어온 뒷골목에 던져두고 걷고 있단다. 거리에는

얼굴이 누런 아이들이 하나 둘, 머리가 땅에 닿을 만큼 숙이고 힘없이, 비실 비틀거린다.

언덕 위로 올라간다. 이곳에서는 이 작은 마을이 모두
내려다보인다. 종탑이 보이고 마을 회관인 듯한 건물도 보
인다. 오랜 가뭄과 돌보지 않은 농지들이 보이고, 잔해처럼
고즈넉한 낮은 집들도 보인다. 누군가 또 죽어나갔는지 시
커먼 연기가 두세 군데씩 피어오르고 있고, 해변에 접한 누
군가의 묘지에 흰 꽃이 놓인다. 해변의 묘지에서도 더 떨어
진 절벽으로 밀려 떨어지는 시체는 해가 떨어진 뒤에나 몰
래 유기된다. 드디어 그를 안고 그의 볼을 쓰다듬을 팔을
얻게 되었을 때, 두 뺨 위로 붉은 홍조를 띤 채 그를 찾아
뭍으로 올라온 날, 그의 시신은 그렇게 유기되었었다. 외롭
게 흘러갔고, 외롭게 썩어가면서 얇은 나무판자에 묶여 멀
리 흘러갔었다. 누군가는 언제 올지 모를 사내를 기다리다
외로운 꽃으로 변했다지만, 나는 영영 돌아올 수
없는 사내를 위해 매
일 언덕을 오르고
매일 울음을 터뜨리고,
매일 말라간
다. 매일 마
른 낙엽처럼
바스러진다.

막내야, 나는 죽어버린 그이의 시신을 안고 울었단다.
저 멀리 떠밀려 갔다가 퉁퉁 불어 마침내 내게 다시 돌아왔
을 때, 그 많은 시체들 중 어느 것이 그의 영혼을 담았던 그
릇인지 알지 못해, 알지 못해 넋을 잃고 말이야, 날파리들

이 들끓는 시체 사이에서 형체도 알
아보지 못하게 짓이겨진 그이의 몸을,
내 비늘로 만든 목걸이를 통해 겨우 알
아내고서 말이야, 망연자실, 만약
우리 인어들에게도 혼(魂)이 있다
면 그 혼이 십자성 근처까지 날아가
버릴까, 백(魄)이 있다면 하늘에서 떨
어진 마법의 거울 조각처럼 산산이 흩
어질까. 두렵고도 두려워, 외롭고도 외로
워, 대못처럼 제자리에 붙박여 오들오들 떨어댔
단다.

　　물풀들이 그의 얼굴과 가슴, 팔에 달라붙어 있었어. 깨
알보다 작은 벌레들이 그의 잔뜩 부푼 볼 위를 발발 기어
다녔다네. 나는 그의 얼굴을 열심히 핥았지. 그의 입술과
귓불을 핥았네. 그의 가슴을 쓰다듬었지. 그를 껴안고 밤을
넘기고 다시 밤을 맞았다네. 그리고 다시 해가 뜨기 전에
나는 그의 살점을 조금씩 뜯어 먹으면서 생각했어. 영원히
당신을 내 것으로 만들겠어요. 다시는 내게서 떠나보내지
않을 거예요. 제일 먼저 뜯겨나간 그의 입술이 있던 자리에
누런 이빨과 턱뼈가 드러났지만 그런 모습도 나를 그이에게
서 떼어내지 못했네. 해가 뜨겁게 달아오른 이레째 그이의
배가 가스로 부풀어 남산만 해졌단다. 그이의 얼굴을 두 손
으로 감싸 들어 올리자 목뼈가 뚝 부러지는 소리가 나더구
나. 깜짝 놀라 떨어뜨리자, 남산 잡초 더미 위에 뒹굴던 돌
부처님 머리통처럼 데굴데굴 굴러가더구나. 또 나는 그 머

리통을 가슴에 안고 한참을 울었지. 그러고 나니까 볼도 푹 꺼지고 젖가슴도, 뱃가죽도 늘어지고 다리도 가늘어지고 곱던 머릿결도 푸석푸석 한 움큼씩 빠져버리더구나. 그날 밤엔 멀리서 비바람이 불어와 해변 절벽 밑에 움푹 팬 얕은 동굴까지 그의 시체를 질질 끌고 들어갔지. 며칠을 굶었더니 머리가 핑핑 돌더구나. 그이의 겨드랑이를 발로 밟고 오른팔을 힘껏 뽑았는데 너무 힘을 준 탓인지 팔이 쑥 빠져서 엉덩방아를 찧고 말았지. 머리통도 날아가고 팔도 뽑히고 가스로 가득 자 부푼 배에 시취(尸臭)를 풍기는 그이가 너무 가여워 내 볼품없이 늘어진 젖가슴을 그의 가슴에 부비면서, 오! 가여운 당신! 그 밤 내내 온몸에 냉기가 가시지 않아 불을 피우고 그의 뽑힌 팔을 구워 허기진 배에 꾸역꾸역 채워 넣고 선잠에 빠져 들었지.

　나는 언덕 위에서 짠내를 몰고 오는 바닷바람을 맞고 서 있다. 서서 먼 바다를 보고 있자니, 아아, 그이를 처음 만났던 때가 생각난다. 다정했던 그때 말이야. 그는 건장한 몸매에 구릿빛 피부를 가진 젊은 어부였다. 마을은 평화로웠고 아이들은 밝게 웃으며 뛰어다녔다. 어머니들은 갓 구

워낸 빵과 쿠키와 치즈들을 바구니
에 담아 아이들과 함께 선창가로
나와, 가득 물고기들을 잡아 돌아
올 배를 기다렸다. 멀리서 하얀 돛
이 보이고, 그 배가 부둣가로 가
까이 다가오면 아이들이 고함을
질렀고 어머니들은 흰 두건을 벗
어 흔들면서 밝게 웃곤 했다. 그
에게도 그렇게 기다리던 아내와
어린 딸이 있었다. 완전히 서로를 알아
볼 만큼 가까이 오면 그는 엄지를 불쑥 내밀
고 다른 손으로는 커다란 다랑어 꽁지를 잡아 들
고 껄껄 웃어댔다. 이 평화로움이라니!

뭍사람이라면 많이 부끄
러웠겠지, 물 위에 드러
누워 봉긋 솟은 젖가
슴을 내놓은
채, 꼬리지느
러미를 천
천히 흔들면서,
난생처음 파란 하늘과
맑은 공기에 취해 있을 때였다. 멀리
서 고깃배가 다가오더라, 호기심에 가까이 갔다가 그를 보
게 되었다. 곧 배 위에선 그물 걷기를 멈추고 사람들이 시
끄럽게 떠들면서 나를 보기 위해 선미 쪽으로 모여들었다.

물론 그도 그들 틈에 서 있었다. 내 빨간 눈과 그의 파란 눈이 순간적으로 얽혀들어 갔을 때, 그 시선을 따라 우리는 서로를 서로의 안으로 받아들였다. 그것도 잠시. 그 잠깐 동안 선원들 중 하나가 불길한 징조라며 고함을 치고는 큰 작살을 힘껏 던졌다. 나는 깜짝 놀라 물속으로 몸을 숨겼다. 작살은 아슬아슬하게 내 손목을 스치고 빗나갔다. 손목에서 빠르게 시간이 흘러 나갔고, 어찌된 일인지 그 후를 기억할 수 없게 되었다. 대신 그 흘러 나가 비어버린 시간 안에서 우리의 시선은 서로의 볼을 밀랍게 물들이며 읽혀 있었다.

어떤 선원은 그게 인어가 틀림없다고 말했고, 또 어떤 선원은 다랑어나 듀공을 잘못 본 걸 거라고 했다. 좀더 나이가 많은 선원은 입을 여는 대신 이해할 수 없는, 가슴을 파고드는 쩌릿함을 느끼면서 몸을 떨었다. 그는 그때까지도 여느 선원들처럼 자신이 무엇을 봤는지를 떠들어댔지만, 거기에 그가 존재하지 않는 것을 그가 몰랐을 리 없다. 그의 시간도 내 손목에서 흘러 나간 시간의 주박(呪縛)에 묶여, 우리의 시선이 마주친 그때 이후로, 그때—이후란 존재하지 않게 되었으니까. 이

제 우리는 천천히 서로의 몸을 엮어, 엮인 굴비가 될 거라
고, 나는 부둣가의 외진 곳에 몸을 숨기고 그를 달뜬 표정
으로 쳐다봤다.

나는 사람이라면 결코 들을 수 없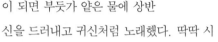
는 높은 소리로, 너무 높게
노래를 불렀다. 산에서
바다로 자꾸 바람이 불
어왔다. 소문도 같이 바
람에 실려 왔다. 나는
사흘 동안이나 깊은 밤
이 되면 부둣가 얕은 물에 상반
신을 드러내고 귀신처럼 노래했다. 딱딱 시
간을 알리며 낮은 등을 들고 순찰하던 사내 몇이 내 모습에
소스라치게 놀라 도망쳤다. 바람에 실려 내려온 소문에 내
흐릿한 모습도 섞여 있었다는 걸 안 건 그러고 또 며칠이
지나서였다. 사람들이 불길해했고, 소문은 좀더 독한 기운
을 뿜어내며 부풀어 올랐다. 나와는 상관없이 먼 이국에서
여행자들의 봇짐에 실려 퍼지기 시작한 역병의 원인이 내게
있다고 수군댔다. 그러나 나는 그런 소문에 연연하지 않는
다. 오직 내 눈과 마주쳤던 그이의 눈, 시선들을 다시 볼
수 있기를, 내 노래에 응답해서 그가 나를 찾기만을 바라고
또 바랐다.

사흘째 되는 날. 그가 절벽 밑의 낮은 물가로 걸어왔
다. 나는 부둣가에서 노래를 불렀지만, 우리 운명의 끈이

되어버린 노래가 자꾸 내 몸을 잡아끌어 나도 그곳으로 헤엄쳐 갔다. 우리의 시선이 처음 얽혀들어갔을 때보다 좀더 오래 우리는 서로를 바라봤다. 그의 손이 내 미끈거리는 피부에 닿았다. 아가미가 심하게 할딱거렸다. 나는 그를 만질 손이 없어서 내 몸을 그의 가슴에 맡기는 것 말고는 달리 할 수 있는 일이 없었다. 내 갈퀴로 이어진 손가락과 손은 그를 만질 수 없거나 만져서는 안 되었으므로, 내게 필요한 건 아름다운 머릿결도, 다리도, 말도, 노래도 아무것도 아니었고, 단지 손, 인간의 손이 필요했을 뿐이다. 그가 나를 안고 있을 때 커다란 별똥별이 하나 떨어졌다. 그날 역병에 걸린 이 마을 지주의 외동딸이 하늘을 향해 바짝 마른 팔을 몇 차례 내젓다가 숨을 거뒀다. 그가 나를 안고 있었을 때 우리는 서로 말을 아끼다가 결국 아무 말도 하지 못했지만, 이 운명을 거스를 수 없음을 또한 우리는 알고 있었으므로. 알고 있었으므로, 이제 내게 필요한 것은 영원히 서로를 얽을 손이었고 팔이었다. 다시는 놔주지 않겠다고 그가 말하지 않았지만 그 언어가 아닌 의미를 나는 쉽게 알아들었고, 고개를 끄덕였다. 아가미가 심하게 할딱거렸다. 부레도 부풀어 올랐다. 나는 가슴 언저리에서 비늘 하나를 떼어내 그에게 주고 다시 바다로 들어갔다.

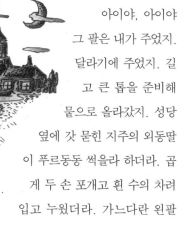

아이야, 아이야
그 팔은 내가 주었지.
달라기에 주었지. 길
고 큰 톱을 준비해
뭍으로 올라갔지. 성당
옆에 갓 묻힌 지주의 외동딸
이 푸르동동 썩을라 하더라. 곱
게 두 손 포개고 흰 수의 차려
입고 누웠더라. 가느다란 왼팔
을 자르려고 들었는데 너무 힘을 주었나, 겨드랑이가 죽 찢
어지더라. 검게 굳은 피가 툭툭 엎어진 스튜마냥 떨어졌단
다. 서너 번 톱질에 잘린 왼팔은 바랑에 집어넣고, 서너 번
톱질에 잘린 오른팔도 바랑에 집어넣고. 두 발은 잘라 어깨
에 짊어지고, 헤쳐놓은 무덤 따위 내가 알게 뭐냐. 노란 눈
깔을 빛내는 검은 괭이가 열린 관짝으로 슬쩍 몸을 들이밀
더라. 몸통에 파리한 얼굴만 붙은 소녀가 거기 누웠다. 나
는 가던 걸음 멈추고 되돌아가, 살 깊숙이 숨겨둔 주머니에
서 파르반에게 대가로 받은 비늘 몇 개, 깊은 바다에서 가
져온 비린내 몇 점을 소녀 위에 흩뿌려 놓았단다. 그건 모
다 내가 한 짓이지. 다음 날 무덤이 파헤쳐지고 시체가 훼
손되었으니 온 마을이 난리가 났을 게야. 킬킬킬킬.

그리고 며칠 뒤에 찾아 온 파르반을 마노(瑪瑙)로 장식
한 침대에 눕히고 방부액에 푹 담가뒀던 소녀의 굳은 팔과
다리를 꺼냈지. 파르반의 열에 들뜬 눈깔이 알게 모르게 흔
들리더구나. 마님 마님, 이 팔을 바꿔 달면 그이를 어루만

질 수 있나요? 이 다리를 바꿔 달면 그가 어디로 도망쳐도 따라잡을 수 있는 건가요? 걱정 말거라 아이야, 아무것도 걱정할 필요 없단다. 이 팔만 있으면 영원히 함께 있게 될 게야. 이 다리만 있다면 그가 가는 곳 어디든 따라갈 수 있지. 자 잠들거라, 예쁜 아이야. 그리고 나는 작은 유리병 뚜껑을 열어, 독두꺼비에서 뽑아낸 검은 주문으로 살려낸 연기를 파르반의 코에 가까이 갖다 댔구나, 그랬었지. 까마득한 잠의 나락으로 떨어진 파르반이 그 잠의 불길하게 단단한 내벽을 어두운 눈으로 짚어나가며 출구를 찾으려 할 때, 오 제대로 잠들었어, 잠들었구나 이년, 부엌에서 녹슬어가던 칼로 파르반의 비늘을 하나하나 조심스레, 계약했던 것보다 조금 많이 떼어내 유리병에 담아 깊은 곳에 숨겼지. 파르반의 아가미가 숨이 가쁜 듯 뻐끔대네. 킬킬킬킬.

갈퀴 달린 파르반의 미끈한 오른팔을 녹슨 칼로 냉큼 탁 쳐냈단다. 뼈가 부러지는 소리가 나네, 그런데 힘줄이 좀 질겼던지 미처 잘리지 않고 침대 밑으로 달랑달랑. 날카로운 이빨로 질경질경 씹어 팔을 잘라내고 나머지 왼팔과 꼬리도 잘라냈지. 굵은 바늘로 얼기설기 소녀의 팔을 파르반의 어깻죽지에 꿰매고 깊은 바닷속 배고파 불 밝힌 아귀에게서 쥐어 짜낸 피, 팔뚝만 한 주사기로 쿡 찔러 흘려 넣어주곤 깨어나길 기다렸단다. 킬킬킬킬.

이게 뭐다니, 여기저기 꿰매고 터진 자리 왼팔을 도와 오른팔을 올리고, 오른팔을 도와 왼팔을 올리네. 가시는 걸음걸음 걷기도 힘들어, 정말 이렇게 힘들 줄이야! 자매들아! 자매들아! 마님 마님, 우리도 함부로 발 딛지 않는 어둡고 탁한 해저가 그 어둠을 꾸룩꾸룩 뱉어냅니다. 이 몸을 그 어둠으로 감싸주세요, 이런 몸으로 어떻게 그이를 본답니까. 이 차갑게 식고 굳은 팔로 어찌 그이를 안으랍시여. 막내야 나는 마녀가 건네준 새까만 옷으로 온몸과 머리까지 가리고서 비틀비틀 걸어 나왔단다. 내 이런 모습에 그가 도망치진 않을까, 이것을 사랑이라고 부를까 운명이라 부를까, 이것들을 양분 삼아 심장에서 싹튼 의심의 씨앗이 줄기를 내밀어 핏줄을 타고 자라더니 손바닥 한가운데에서 싹이 돋았네. 아리게 돋은 싹에는 가시가 잔뜩.

내게 암싹이 돋고

그에게 수싹이 돋고


가시 돋은 손바닥을 돌돌 붕대로 말고 그는, 제 방의
문을 꼭꼭 닫고 그는, 긴 숨을 내쉰다. 그날, 그리고 그날
밤에 있었던 일들이 꿈만 같았는데, 내 목에 걸린 파르반의
비늘 목걸이가 그것이 꿈이 아니었다고 그는, 말하고 있었
다. 그게 정말 그녀 닷일까? 그럴 리가 없어, 그럴 리가 없
지. 그녀를 언제쯤 다시 만날 수 있을까? 만나기는 만날 수
있는 걸까? 동네 늙은것이 퍼뜨린 소문처럼 지주 어르신네
따님 시신을 그리 끔찍하게 만들어놓은 것이 그녀 짓이란
말인가? 그럴 리가, 그럴 리가 없잖아. 그는, 다시 한숨을
크게 내쉬고 벽 한가운데 걸린 작은 벽걸이 거울 앞
으로 다가섰다. 거울에는 며칠 사이 초
췌하게 마른 사내가 불안한 눈을 이
리저리 굴리면서 서 있었다. 흐리
게, 비스듬히 비쳐드는 햇빛 속에
서 유난히 파르반의 비늘이 반짝거
린다. 그 빛이 너무 서늘해 그는, 신
포도를 깨문 것처럼 찔끔 눈을 감았다. 내가 지
금 무슨 짓을 하고 있지? 정말, 정말로 그녀가
무덤을 파헤친 장본인이라면 어쩌지? 마누라랑
딸년을 놔두고, 내가 뭔 짓을 하는 건가. 그는
한참 동안 눈을 감은 채 파르반의 손바닥 위에 자

44

라던 의심의 가시와 꼭 같은 붉은 장미를 머릿속에서 피워 냈다. 그래서 한쪽 머리가 깨질 것같이 아팠는데, 사람들은 그걸 신경성 편두통이라고 부르기도 한다만, 킬킬킬킬.

그가 다시 눈을 떴을 때 비늘도 그 심정을 눈치챘는지 새 파랗게 질린 청록색. 당신 가슴에서 떨어지기 싫어요 딱 달라 붙는 것으로도 모자라 사내의 심장까지 뿌리를 내리고 있었다디야. 온몸에 붉은 반점이 솟은 것도 그때쯤이라거니. 그 사내 발이 차고 머리가 뜨거워지고 가슴이 콩당콩당 뛰었더래. 열꽃이 피었다 지기를 무궁화처럼 피었다니, 필 때마다 한 걸음씩 다가오는 것이 그녀인지 아닌지 알 수 없었다니. 찬 발이 퉁퉁 붓더니 오줌도 질금거리고, 옛날 옛날 기(杞)나라를 제 혓바닥에 올려놓고 희롱하던 그이의 입천장도 말라붙어 무너지고, 무너져서 내 그럴 줄 알았지, 그럴 줄 알았다니깐.

며칠 새 사라진 사람들이 몇이나 되는지, 사람들이 모두 입을 다물고 있어서 알 수는 없는 일이지만, 그렇다고 그걸 내 탓으로 돌려버리는 건 정말 억울한 일이라고요. 까마귀 날자 배 떨어진다고 하필 내 고운 노래가 누군가의 귀엔 깍깍 까막까치 소리처럼 들렸나 보지요. 허긴 그이를 사랑하게 된 것이 눈먼 것보다 못하지는 않았겠지, 그래도 저는 봤다구요. 입에서 입으로 퍼지는 풍문들, 그 안에는 독

하고 검은 벌레들이
득실거렸다니까요.
사람들은 둘만 모이면
수군대고 셋이 모이면 한 놈을
반쯤 병신으로 만드는 일도 다반사라지요.
말없이 서로의 입술을 핥는 건, 연인들
뿐이라지요. 밥만 먹어도 입안에서 툭
툭 터지는 벌레들의 알집 향내에 취해,
식구들은 서로의 뱃속을 풍문으로 채워
준다네요. 제일 먼저 귀하디 귀하게
자란 지주 댁 따님 배 속에서 부화한

벌레들은, 슬피 울던 곡비(哭婢)들의 눈물을 타고, 퀭한 눈
깔을 부리부리 굴리던 꼽추 묘지기 허 씨의 등골에서 한참
동안 잠복했었대요. 저야 알 수 없는 일이지만, 누군가에
의해 아씨 묘지가 파헤쳐진 뒤 이 꼽추는 마을 관리들에게
붙잡혀, 지주 댁 지하 감방에 갇혀 갖은 고문을 받았드래.
제일 먼저 오금의 힘줄을 잘랐는데, 평생 펴지지 않던 허리
를 도르래로 묶어 죽죽 늘였는데, 달군 쇠신을 신기고 손마
디 마디를 똑똑 꺾었는데, 끓는 물에 왼손 오른손을 차례대
로 담그고 피떡이 되도록 채찍질을 했는데, 마침내 창자를
들어내 찢어 죽일 때쯤 억, 한마디 하고 뒈지고 말았다네
요. 벌판에 시체 토막을 던져 불을 지피자 비로소 꼽추 등
골에 숨어 있던 검은 벌레들이 잉잉 주위에 퍼져, 제일 먼
저 망나니 셋이 제 목줄기를 쥐어 잡고 케켁 뒈져 나자빠졌
고, 제가 먼저 나서서 꼽추 허 씨를 잡아들이고 쇠집게로

오드득 손가락을 꺾었던 최 씨는 제 X를 부여잡고 엇 뜨거! 엇 뜨거! 제 뿌리를 뽑아낸 뒤에야 픽, 옆으로 자빠져 뒈졌다지요. 그리고 얼마 안 가 마을 장정 몇몇이 알 수 없는 열병에 나가떨어지자, 마을에서도 존경받는 노인네 젊었을 적 먼 나라에서 이 같은 일을 겪었었다고, 이게 다 풍문 때문이라고 입을 달싹일 때, 그 먼 나라에서 오래전 옮겨 붙은 벌레가 심장을 콱 물어뜯고, 내장을 배배 꼬아, 아이고 배야 아이고 나 죽네, 꼴사납게도 바짓가랑이에 오줌이며 똥을 한 바가지나 싸질러놓고 죽어버렸네요. 그래서 영영 그 이유를 알 수 없는 죽음들이 퍼져나가고, 죽어 자빠진 사람들은 하나 둘 멀리멀리 바다로 떠밀려나가게 되었다네요. 사람들은 죽음이 바로 눈앞에서 커다란 낫을 휘두를 때에야 제 죽음의 이유를, 그 죽음이 내민 생사부를 통해 알게 되었지만, 산 자에겐 한마디도 전할 수 없는 것이어서 마을 사람들은 이 마을에 저주가 내렸다고, 다 그놈의 인어 탓이라고 수군댔더래요, 마님, 왜 그게 제 탓인지 제게로 왜 저주의 화살이 돌아오는지 제게도 알려주세요, 마님. 전 그이를 사랑한 죄밖에 없다니께요.

내 눈이 어두웠던 탓일까. 사람의 팔과 다리를 달고 삐걱 비틀거리며 새카만 어둠을 뒤집어쓰고 걷다 보니, 보이지 않던 것들도 보이게 되었단다. 들뜬 마음으로 그이의 집엘 한밤중에 몰래 찾아갔더랜다. 아이가 울다 잠이 들고 아내가 긴 한숨을 쉬더구나. 그이의 기척은 어디에서도 느껴지지 않았고, 어디를 가든지, 심지어 내가 우리 자매들과

함께 있을 때도 느낄 수
있었던 그이의 온기, 심
장을 두근거리게 하던 부
드러운 시선조차도 느껴
지지 않았단다. 처음에 나
는 마녀에게 대가로 내준 비늘을 너무 많이 빼
앗긴 탓이라고만 생각했지. 오직 그이
가 나를 알아보지 못하는 건 아닐까
하는 두려움이 너무 커, 사태를 제대로 파악하지 못했다는
걸, 속으로는 이미 알고 있으면서도 내 의식은 부정하고 있
었던 거지. 나는 곧 깊은 우물처럼 깊은, 우리가 공유하던
의식 있잖니, 그곳으로 깊이 머리를 집어넣게 되었단다. 우
물 밖에서 아이와 그이의 아내 우는 소리가 잉잉 바람처럼
불고 울더구나. 두레박처럼 목을 열 자나 늘여 축축한 우물
속에서 붉은 눈을 밝혀 두리번거렸단다. 그 밑에 흰옷을 입
은 조그만 계집아이가 울고 있었는데, 그게 바람 소리인지
울음소린지 분간이 안 갔었는데, 그랬는데 곧 바람 소리는
멎고 우물 밖의 울음소리도 멀리 흩어지고, 오직 그 계집아
이의 외로움만 외롭게, 괴로움만 괴롭게 들리더구나. 계집
아이의 길고 흰 머리카락이 너무 고와, 내 파르스름하게 굳
어가는 손이 절로 아이를 쓰다듬게 되었단다. 아이가 흠칫
놀라면서 울음을 멈췄는데, 얼굴을 들지는 않던데. 머리를
빗겨 내리니 흰 목련이 똑똑 떨어져 얕은 우물물 위로 동동
떠다니던데. 흰 목련이 떨어져도 아름다운 걸, 막내야 너는
알고 있니? 그건 슬퍼서 그런 거란다. 봄이 와도 슬퍼서 그

런 거란다. 눈물이 뚝뚝 떨어질 때마다, 그 눈물이 유리구
슬처럼 우물물 위로 떨어져 물이랑이 퍼지는구나. 나는 마
치 내 마음 깊은 곳에 나 자신을 가둬둔 것처럼, 지독한 상
실감에 눈이 멀고, 청(淸)아 어디 있니, 눈만 먼 게 아니라
모든 관계에도 아둔하고 어리석었다는 걸 비로소 깨닫는다.

    그이의 살이 이토록 향기롭다니. 그이의 시신을 구워
먹었다 했지, 그이의 시신을 동굴로 끌고 들어왔다 했지.
뭍의 차가운 날씨를 견디기가 힘들더라. 우리는 물의 아이.
우리는 물속에 가라앉은 달의 아이. 우리는 불이란 걸 볼
수 없었지. 처음으로 불을 본 건 마님, 마님네서였어. 그
불은 참 어둡더구나. 불이란 건 어둡고 차가운 것인 줄만
알았지. 그리고 슬프고 너무 슬퍼 눈물을 뚝뚝 흘리는 그이
의 아내가 새벽녘 불쏘시개로 아궁이 불 피우는 걸 또 봤
지. 이번에 본 불은 너무나 밝고 따뜻해서 내 볼에도 그니
의 볼에도 눈물자국만 짜게 남더라니. 불이란 건 어두워 밝
거나 너무 차서 뜨거운 것일까. 그리고 동굴 한편 벽에 그
이의 시신을 기대어놓고 기억을 더듬어 불을 겨우 살려냈단
다. 그이의 가슴에 걸려 있는 내 비늘은 이내 뜨거운 불이
되어 파고들더니 곧 그이 몸속으로 파고들어갔단다. 그이
의 가슴이 퉁퉁 뛰기 시작하더구나. 난 혹시나 그이가 다시
살아난 것일까 눈을 반짝 빛냈지만, 그 후로도 의식이 돌아
올 기미는 보이지 않았지. 나는 다시 춥고 쓸쓸하고 슬퍼졌
다. 이 춥고 쓸쓸하고 슬프다는 느낌과 감정들은 다시 구슬
이 되어 또르르 눈에서 굴러떨어졌지. 나는 시취에는 아랑

곳하지 않고 그이를 꼭 안았다. 가
슴이 뛸 때마다 아랫도리가 뜨거
워지더구나. 인간의 몸이란 참 이
상도 하지. 나는 곧 걷잡을 수
없는 열기에 휩싸여 그이의 가슴
과 누더기가 된 바짓가랑이를
헤치고, 그이의 X를 입안 가득
물고 훑기 시작했다. 죽어도 죽
지 않거나 한 번 죽고 두번째 죽지

못해 다시 되돌아오는 시체들은 언제나 가장 단순하고 원초
적인 욕망만을 가지고 있는 법이다. 곧 그이의 X가 단단해
졌지. 나는 새로 해 단 다리와 다리 사이에 마님이 달아준
Y를 두 손가락으로 벌리고, 그이 위에 올라탔단다. 그리고
엉덩이를 위아래로 삐걱 들썩거렸는데, 오소소 살갗이 일
어서는 느낌은 뭐다니, 나는 참을 수 없어 그이의 목을 꽉
껴안고 어깨를 깨물었는데, 깨물 때마다 살이 툭툭 뜯어져
향기로운 맛과 냄새를 풍기더구나. 그래, 내 안에서 뭔가가
툭 터지는 느낌이 났을 때 너무 힘을 준 탓일까, 그이의 어
깨에서 팔이 쑥 빠졌지. 그리고 마음이 편안해지자 이번에
는 참을 수 없는 허기가 몰려왔다. 그 팔을 불에 구워 먹고
서야 비로소 편하게 잠을 자게 되었단다.

    종내 그 바람에 실려 전해진 풍문이며 소문이 무엇인지
나로서는 알 도리가 없구나, 막내야. 마르고 바스스 부서지
는 건 내 머리카락만은 아닌 것 같구나. 이 말들도 마르고

건조해서, 바다보다는 사막에 더 가깝네. 사막은 막막해서 사막이라고들 하지. 바다도 막막하긴 뱃사람들에게 이루 말할 수 없을 테지만, 사막의 장사치들에겐 한 모금의 물이 더 없이 간절하단다. 그러니까 이 풍문과 소문들이 바다나 사막에서 온 것은 아니란 얘기지. 필시 들쥐와 들쥐보다 더 쥐 같은 비둘기들이 떼 지어 몰려다니는 음습한 도시의 변두리에서 온 것은 틀림없는 것 같구나. 그렇게 이 바닷가의 도시가 천천히 부패하는 걸 언덕 위에서 바라보고 있단다. 곧 바다로 다시 돌아갈지도 몰라. 그러니 막내야, 문은 항시 열어두렴. 내 허물들이 자라고 있는 정원에서 그때는 같이 그네를 타자꾸나. 그동안은 막내야, 행여나 뭍으로 오르려 하지는 말거라. 뭍은 이런 풍문과 소문들보다 더 아프고 슬픈 일들이 많단다. 입에서 아직 단내와 향내가 풍기네, 이것은 채 자라지 않은 아이들이 알아서는 안 되는 얘기. 바로 사랑에 빠진 연인과 그 연인의 숨겨둔, 슬피 우는 애인들의 얘기란다.

## ♭ 마누 ♯

　저녁 해가 뉘엿뉘엿 질 무렵이면 그날 아침 흘린 눈물이 채 마르지도 않은 얼굴에 덕지덕지 분칠을 하고, 그다지 어울릴 것 같지도 않은 분홍색 립스틱을 바르면서, 유독 궁금증이 많은 막내에게 조잘거리다가 흐물흐물 물풀처럼 가는 허리를 흔들며 밤마실 나가는 파르반을 볼 때마다 마누 Manu의 눈살은 절로 찌푸려졌다. 그래도 마누는 그런 내색을 좀체 안 하는 성격인 데다 무던한 걸로 치면 따라올 자매가 없었던 터라, 떡 하나 달라면 냉큼 던져 넣어주던

산 너머 달님이 해님이네 어머니처럼, 맛난 빵들을 자매들에게 안겨주곤 했다. 물론 호랑이도 떡 하나 받으면 돌아가겠지, 뭐 그런 생각을 마누가 품지 않은 것은 아니다. 아마 마누가 자매들을 멀리하려는 것을 자매들만 모를 게다.

막내는 화덕 가까이에 벌건 얼굴로 빵을 굽는 마누 곁에서 뭔가 말하고 싶은데, 말하고 싶거든, 말하고 싶다 우물쭈물대곤 했다. 마누는 애써 모르는 척하다가, 뭐 할 말 있니, 막내야? 그러면 막내는 배시시 웃으면서 손을 내밀고, 마누도 웃으면서 갓 구운 마늘빵을 내주곤 했다. 말하자면 후덕한 큰언니 몫을 마누가 하고 있었던 셈이다. 그건 그렇고, 마누라고 늘 웃음만 띠고 사는 건 아니라서 가끔씩 화덕 앞에서 밀가루가 잔뜩 묻은 앞치마에 코를 킹킹 풀며 울기도 하고 뭔가를 깊이 생각할 때도 있었다. 그렇게 울면서, 또 생각하면서 시간을 보내고 나면 언제 그랬냐는 듯 기운을 내고 다시 힘차게 밀가루 반죽을 치댄다.

그런데 마누는 대체 무얼 그리 깊이 생각했던 것일까? 뭐가 그리 슬퍼 울었던 것일까? 넌 혹시 알고 있니? 내게만 말해 다오, 떡 하나 줄게.

어느 날 막내가 마누에게 물었다.

　—언니, 뭘
그리 깊이 생각하
우? 그리 깊이 생각하
다 퐁당 빠질
라, 킬킬킬킬.
　—어머 얘는,
꼭 귀신이라도 된 것처럼 웃는구나. 그래, 뭘 생각하냐고?
글쎄다. 그게 뭔시 알면 울 까닭도 없겠다민 나도 그걸 모
르겠구나.


　막내는 동그랗고 반들거리는 눈깔을 굴리면서 말했다.


　—큰언니는 슬픈 것들이 아름다운 거래. 아름다운 걸
보면 울게 된대.
　—쳇, 아름다운 게 왜 슬프다니? 슬프다고 다 운다디?
　—참 언니는.
　—그래, 막내가 어떻게 알겠니. 깊이 생각하다 울고,
울다가 생각하고. 그래도 뭘 생각하는지를 모르니 우는 이
유도 모르겠더라. 그래, 막내 눈엔 이게 아름다워 보이니?
울다 보면 눈물 콧물에 침까지 질질 흘리고, 칵칵, 가래까
지 끓곤 하는데 이걸 아름답다고 해야 하나, 해야 하니? 막
내야, 슬픈 건 아름다운 게 아니라 우스꽝스러운 거야.


　막내는 말했다.

―그래? 난 잘 모르겠는데.

―모르는 게 당연하지. 넌 아직 뭍으로 올라가본 적이 없어서 그래.

―언니는? 언니는 올라가봤어?

―그럼. 뭍으로 한 번쯤 올라가는 건 마치 본능과 같은 거야. 그렇지만 뭍으로 가는 건 조심해야 한단다. 뭍에 사는 사람들이 가진 영혼이란 것은, 자칫 우리의 부레를 너무도 부풀려버리기도 하거든. 늘 조심해야 하지. 나도 한 번 올라갔다가 뭍에서 본 것들이 하도 좋고 신기해서 사람이 되고 싶다는 생각을 한 적도 있지만, 난 언니처럼 어리석지 않아.

―그건 모르지.

―뭐? 요것이.

막내가 검지로 눈꺼풀 아래를 내리 누르며 메롱 하고는 낄낄거리면서 뛰어 나갔다. 그때 뭔가가 툭 떨어져 마누의 발밑으로 또르르 굴러왔다. 막내는 그걸 아는지 모르는지 소름이 돋을 것처럼 높은 웃음소리를 내면서 제 방으로 기어들어 갔다. 막내가 떨어뜨리고 간 것은 막내의 유리눈깔이었다. 마누는 막내의 유리눈깔을 집어 들고 한참을 요리조리 살펴보다 다시 화덕 앞의 푹신한 방석 위에 앉아, 이야기 한 보따리를 풀어헤친다.

　　물레는 실실실 잘도 돌아가고요
　　얘기도 실실실 잘도 흘러나와요

※

　　겁생이 왕이 사는 어느 왕국에
　　한쪽 눈깔 유리눈깔 유리세공사
한 명 살았네

　　　　눈깔을 달고 싶어 영혼 담긴 유리눈깔
　　　　반들반들 유리눈깔 만들어 끼우고 돌아다
녔다네

　　　　사내, 어릴 적 늦잠을 자고 일어나니 한쪽 눈
이 퉁퉁 부어 있었는데, 지난밤에 대체 무슨 일이
있었던고. 이내 부어 있던 한쪽 눈이 먼 데다가 마을을 휩
쓴 전염병에 부모를 잃은 사내는, 마을의 부유한 장인의 집
앞에 버려졌단다. 한순간 측은지심이 동해 거둬 키우게 된
아이에게 장인은 여러 가지 기술을 가르쳐주었는데, 이놈
손재주가 예사롭지 않아, 가르쳐주는 족족 그대로 따라할
뿐만 아니라 얼마 후에는 제 한쪽 눈깔까지 반들거리는 유
리로 만들어 끼우고 제법 애답게 꺅꺅거리면서 동네 아이들

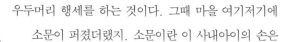

우두머리 행세를 하는 것이다. 그때 마을 여기저기에
소문이 퍼졌더랬지. 소문이란 이 사내아이의 손은
사람 손이 아니라지, 귀신이 달
라붙어 있어, 흉흉, 어쩌면
저 손이 장원을 온통 거덜
낼지도 모를 일. 속닥속닥.
그 뒤로 장주는 사내를 떼어내진 못
해도 선뜻 손을 내밀 처지는 아니게
되었다. 그저 밥이나 주고 자잘한
일감이나 주었지, 조상 때부터 물
려온 비법이라든지, 비법이 있을 리는
없었는데 어쨌거나 오랫동안 덕망을 쌓은 장인들은 비법이
라고 불리는 때 묻은 종이랄지, 귀한 재료랄지 따위를 안
보이는 곳에 감추기를 좋아하는 법이라서, 장주도 또한 비
록 빈 금고지만 그 안에 뭔가 있다는 듯 매번 자물쇠를 바
꿔 달기를 좋아했고, 했던, 그 안채에 사내를 얼씬도 못하
게 했다고, 헤헥 숨 가쁜 일이로구나, 막내야. 그러니 자연
개눈깔 단 사내를 사람들이 가까이하지 않게 되었고, 사내
는 외롭게 자라고 자라 너무 자라도록 혼인도 못 올린 서른
이 다 되어가고 있었다.

이젠 뭘 만드는 것보다 뒷짐 지고 뒤뚱거리며 장원 여
기저기를 돌아다니면서 일꾼들 하는 일 참견이나 하는 게
유일한 오락이요 할 일이 된 장주 어르신. 어느 날 왕국의
겁쟁이 왕이 장주를 궁으로 불러들였다. 불려들여 납작
바닥에 엎드린 상주님 떠는 꼴이 강에 빠진 살찐 생쥐 같으

네, 호호호 옆에 앉아 계신 왕비님 웃으신다. 그 웃음에 질
금질금 오줌을 지리셨다나, 뭐 하여튼지 간에 장주에게 떨
어진 명령은 석 달의 시한을 줄 터이니 막내 공주의 유리구
두 한 켤레를 만들어 올리라는 것. 알고 보면 장주 어르신,
지금은 먼 나라 왕비님이 되신 겁쟁이 왕의 첫째 따님 유리
구두도 만들었었지. 그런데 그만 무도회에 나서기도 전에
굽이 부러져 하마터면 목이 달아날 뻔했다지. 사돈에 팔촌
연줄이 닿은 궁전 내시의 도움으로 겨우 목숨은 부지했지
만, 다시는 겁이 나서 신상품 올리기가 두려웠는데, 폐하께
선 그새 잊으셨나, 아이고 큰일일세.

덜덜 떠는 장주를 내려다보고
씨익 웃으시며, 석 달을 하
루 넘길 때마다 네 손가락
하나씩을 보태야 할 것이야,
에헴. 그저 아랫것들은 을러
야 말을 듣는 법이지, 안 그
러냐? 아이 무섭사옵네다 마
마, 네 이름이 무엇이던고, 엉
덩이가 참 실하구나 요년, 으헤
헤헤 이리 오너라.

　　막내야, 모든 동화의 아버지들은 늘 어려운 일에 맞닥
뜨리면 제일 먼저 따신 아랫목에 누워 끙끙 앓지 않던? 남
의 집 울타리에 함부로 들어가 상추를 뜯어 먹고는 병난 아
버지도 있지 않느냐. 자, 우리 장주 어르신도 앓는 흉내 내

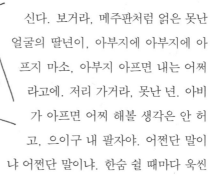

신다. 보거라, 메주판처럼 얽은 못난 얼굴의 딸년이, 아부지에 아부지에 아프지 마소, 아부지 아프면 내는 어쩌라고에. 저리 가거라, 못난 년. 아비가 아프면 어찌 해볼 생각은 안 허고, 으이구 내 팔자야. 어쩐단 말이냐 어쩐단 말이냐. 한숨 쉴 때마다 욱씬거리는 등짝에 등창이라도 났나 보다. 옛날 호남 지방 토호(土豪)로 있던 견훤이란 작자를 네 알고는 있나? 못난 아들 덕에 결국 등창에 걸려 앓다 앓다 왕 씨한테 의탁한 신세. 수양(首陽)이는 또 어떻쿠, 아이쿠야, 등짝이 다 헐었구나. 그게 우쨌는디에? 지가 아부지 등짝에 침을 발랐어에 아니면 아부지 재산을 뺐을라 켰어에, 섭섭합니더 너무합니더, 휙 방문을 쳐닫고 뛰쳐나가는 저 못난 년을 봐라, 장주 어르신 한숨이 안 나오게 생겼니.

아가씨, 아씨 어디 가십니꺼? 몰라! 멍텅구리! 허 거참 또 뿔따구 나셨나. 밖에 누꼬? 접니더. 누구라꼬? 저라 안 했십니꺼. 그놈 싸가지하구는, 쯧쯧, 그래 마침 잘됐다, 너 이리 좀 들어오니라. 와에? 들어오라면 들어오는 기지 먼 말이 그리 많나? 으잉? 사내 투덜거리면서, 들어가면 되지 와 신경질입니꺼? 그려, 게 앉그라이. 자자, 거기 방석 끌어다 앉어봐라. 아이고야, 어르신 웬일이십니꺼, 쇤네 옷이 더러버 방석에는 몬 앉겠는데에. 어허, 그러지 말고. 뭐 섭한 거 있나? 내가 그동안 쪼매 바빠서 니를 못 챙겨준 것이 가슴 언저리에 돌뎅이처럼 탁 걸려 있었는데 말여, 섭

섭한 거 있으면 이참에 화 풀고 내 이야
기 한 사리 들어보너라구. 헤헤, 어르신
뭐 지한테 부탁할 거 있십니꺼? 공짜로는
안 된다고 누가 천장에서 소곤거
리는가, 아 쥐새끼가 있었나
부네에, 헤헤. 허이 참 고연 놈
가트니라구! 네놈 눈깔이 보통
눈깔이 아닌 건 알고 있었
는데, 고거 눈치도 번갠
갑네. 어르신요, 지가 어
렸을 적부터 눈칫밥 하나로 여지껏 살아오지
않았심니꺼. 하여튼 뭔데에? 그래그래, 내 니 손재주
는 익히 알고 있는 바 네눔이 언제 왕궁에 한번 들어가보겠
노, 내 이잔 늙어서 말이야 슬슬 못난 딸년 배필도 마련해
주고, 장원도 물려줄 사나 좀 찾으려 해도 좀체 나타나질
안트니, 아 글쎄 등잔불 밑이 어둡다 카더만 바로 옆에 두
고 몰랐던 것이야, 기회도 요런 기회가 없지. 워떠 궁에 한
번 들어가보지 않을터? 궁에 들아가서 내 대신 공주마마
유리구두 한 켤레만 니가 만들어보래이, 그러면 니 신세 활
짝 펴지는 거야 무슨 문제갔니? 저처럼 천한 것이 감히 궁
에 들어가볼 수나 있겠어에? 그래서에? 어르신 뭐 말씀 안
하시는 거 있는 거 아니구에? 탁 속 시원히 말해보소! 궁금
해 미치겠네 참말로. 그러니께 일이 여차여차해서 이리저
리 대굴빡 깨지게 돌다가 그렇게 되었는데…… 아이구 마
님, 저 몬 해에! 아 왜 몬 해에! 니눔 재주면 열짝도 만들

틴디 와 속일라케! 아이구 아이구 지는에 그냥 이렇게 살다
뒤져불랍니더. 눈깔도 빙신에다 하루에 하나썩 손꾸락까지
잘른다는데 우짤라구요! 아 그려 그려, 그래서 내가 이렇게
부탁하는 거 아니겠나, 그래 그래 우리 사위, 사위 시켜줌
세. 아이야 저런 승질머리 가시나를 누가 델꼬 살라는동.
뭐시여! 그동안 먹이고 입힌 것이 누군디 그따구로 싸가지
읍씨 씨부린다니, 으잉? 그래두 몬 해에. 지 목숨은 하나밖
에 없고요, 손꾸락도 잘리고 싶지 않어에. 아 이보게, 하찮
은 목숨 살린다 치고 한 번만, 한 번만 부탁함세. 자네가
사위로만 들어오면 내 재산이 다 자네 거 아니겠나, 응? 사
내 한참 동안 말은 않다가, 참말임꺼? 참말이지! 그 말을
우찌 믿습니껴? 아, 왜 그래. 내 체면이 있지, 한 입으로
두말하겠니, 응? 그러니게 문서로 딱 써서 지장 찍고에. 지
장, 지장을? 꼭 그래야겠어? 그래야겠심더. 지장만 찍으면
되겠나? 안 되지에. 누구 공증도 받아야 쓰겠는데, 누가 좋
겠을까, 그래 영주님 앞에 가입시더. 가서 그 앞에서 딱 약
속하믄 내 생각해보겠은께네. 이런 독한 늠…… 뭐라 켔어
에? 아니 아닐세. 내 약속함세. 그러지 그래.

이렇게 해서 장주와 약속을 한 사내, 임금님 앞에 불려
가 검은 커튼 너머, 공주님의 내민 발을 잡고 치수를 재게
되었네. 그런데 어쩐 일인지, 공주님의 발은 부드럽기가 비
단 같아, 불경하게도 침을 꿀꺽. 다행히 시샘 많고 조잘대
기 좋아하는 나인들의 귀에 그 소리가 들어가지는 않았지
만, 공주님의 발이 흠칫거리는 걸 느끼곤 사내는 불에 덴

것처럼 화들짝 손을 놓치고 말았네. 어찌 저리 곱다디야? 사람이 아닌게 부지, 생각하고 생각할수록 괴상한 일. 사내는 작업실로 돌아오는 길에도 X가 수그러들 기미를 보이지 않아, 아이고 민망해라, 바지에 두 손 찔러 넣고 어슬렁 팔자걸음. 작업실로 돌아와 발본을 떠 나무로 깎되, 나무는 꼭 오래된 참나무나 물푸레나무를 사용해야 한다. 발본을 깎을 때마다 사내 가슴은 왜 이리 뛰는 것일까? 가슴은 왜 이리 뛰고, 어디 몸이 안 좋은 겐가, 얼굴은 왜 이리 붉어진다니. 괜한 일을 떠맡았나, 이를 어째, 정한 날짜 며칠이나 남았나 헤아려보다 한숨 쉬면, 폐가 다 쪼그라들라, 바람 빠진 풍선처럼 너덜너덜.

하루가 지났다. 한숨. 이틀이 지났다. 한숨. 사흘이 지났다. 한숨. 나흘이 지났다. 한숨. 그렇게 한숨을 불어낼 때마다 사내의 영혼을 한 스푼씩 푹푹 떠다가는 모래에 섞었다. 모래가 은은하게 빛나는 건 영혼이 서려 있기 때문이란다, 무서운 물귀신이 얘기했지. 영혼이 몸을 가지지 못했을 때는 백 년이고 천 년이고 잠을 자야 하듯이, 사내의 모래가 유리구두를 다 완성하기 전까지는 세상이 모두 숨을 죽이고 지켜봐야만 했다네. 쉿. 이제 곧 마법의 유리구두가

완성될 참이다, 쉿, 쉿. 물귀
신 셋이 사내 옆에 늘어
서 사내의 작업을 지켜
본다. 누가 저이에
게 모래를 줬다는데?
모래에 깃든 건
눈깔이냐 영혼
이냐? 사내는 막
바지 작업에 땀을 흘리면서 열중하고 있는디, 아 눈이 뻑뻑
해지는 거다. 눈깔을 빼내 하아, 하 입김을 불어넣자, 그
입김에 영혼이 한 됫박이나 빠져나오는 것도 모르고, 하 입
김을 불어넣자, 눈깔이 반짝반들해진다, 해 지네. 해가 지
네. 피곤해. 내일이면 될까? 오늘이라도 당장. 어림없는 소
리, 또 깨지고 말 거야. 물귀신들이 소곤수근댄다. 높게 웃
고, 낮게 운다.

    물귀신들이, 물가에 빠져 죽는 처녀들의 맛
있는 영혼을 차지하려고 서로 싸우
고 다투면서 아래로, 물 아래로 잠
겨드는 밤이 되었네. 유리눈깔은 산
호로 장식한 귀한 합(盒)에 넣어두
고, 피곤해 벌개진 다른 눈깔 위엔,
그 눈깔은 혼자가 된 뒤로 잠을 자지
못했지, 잘 자라 눈가리개. 가리개 안
쪽에서 외롭게 잠 못 드는 눈깔은 제가
보는 어둠을 시신경에 조금씩 흘려 넣곤

했는데, 사내의 주름진 뇌 속에 스며든 어둠이, 잠이라기엔 좀 뭐한디, 알콜에 절어둔 것처럼 모든 판단을 죽음처럼 주 검처럼 만들었다. 언제 이 눈깔도 빼앗길지 몰라. 그렇게 뇌가 먼저 마비되면 사지가 잠깐 경련을 일으키다 툭, 침대 위에 떨어져버렸다. 그러면 꿈이라기에도 참 뭐한디, 벌레 한 마리가 사내의 머리를 갉작갉작 밤이 새도록 갉작갉작, 생쥐마냥 갉아 먹히다, 해가 떴다, 해가 떴네.

    사내는 불을 피우지,
불꽃 안에는 살라만더가 살지.
그러나 외눈깔로 살라만더를 볼
수나 있겠니? 불꽃의 제일
가운데 떠 있는 맛난 불심 매번 덥석
꿀꺽 아침 꿀꺽 점심 먹어버리면 사내는
또 늦은 점심을 먹으면서 불을 빨리 피워
야 모래를 녹여 틀에 붙고 뭐라도 한번
만들어볼 텐데 걱정하고 한숨 쉬
고 그러다 또 낮잠 저녁에도 불을
피우지 못해 이날은 빨간 눈을 뜨고 잠을 이루지 못한다,
잠을 자지 못하면 멀리서 저벅저벅 모래 사나이가 올 텐데,
물에 젖은 모래를 축축한 모래를. 사내는 그 밤, 살라만더
도 잠들고 물귀신들도 물 아래로 잠겨 들어버린 그 밤, 몰
래 불 피운다. 화작화작 불 피운다. 불쏘시개로 쿡쿡 쑤시
고 불이 화작화작 타오르면 살라만더는 곤한 밤 맛난 꿈을
꾸면서 잠이 든다, 모두 잠든 밤 마침내 녹여낸 마법의 모

래를 틀에 붙인다. 그리고 석달이 지났다. 마침내 한쪽 유리구두가 완성되었다! 예쁜 뾰족구두가 완성되었다! 사내 영혼을 반이나 퍼 담은 유리구두가 완성되었다! 그동안 제대로 잠을 자보지 못한 사내의 귓속에서는 벌레들 갉작대는 소리, 소리의 이빨이 정말 귓속을 다 파먹었던 몇 번째 밤이었을까. 그리고 정말 오랜만에 제대로 된 잠을 잤다. 꿈에 왕의 막내공주가 나타났다, 고맙습네다, 덕분에 마법에서 풀려났죠, 이렇게 예쁜 신발은 본 적이 없어요, 아니라요 쇤네의 할 바를 다했을 뿐, 머리를 조아릴 때마다 사내의 X가 쑥쑥 자랐다, 공주가 춤을 출 때마다 쑥쑥 자라서 열매를 맺었다. 열매들은 마치 사내의 눈깔처럼 반들반들거렸다, 공주가 말했다, 아저씨 저 눈깔 따주세요, 사내가 손을 뻗어 눈깔을 딸 때마다 짜개진 빨간 석류처럼 손바닥에 핏물이 배었다, 공주는 주렁주렁 드레스에 무거운 눈깔들을 달고 유리구두를 신고 춤을 춘다, 얼굴 없는 왕자와 춤을 추는 공주를 보면서 사내의 X는 쑥쑥 자란다, 잘도 자란다. 갉작갉작.

구두가 완성되었지만, 장주는 언짢은 표정을 감추지 못한 채 앓아누운 자리, 털어내지 못하고 누워만 있었지. 이 녀석 정말 제시간에 맞춰 만들기는 했구나, 이리 서성 저리 흔들거리고. 푼수 같은 딸내미 건네주는 거야 아까울 거 없지만, 어찌 모은 재산인데. 좋은 수가 없을까, 어찌하면 좋단 말이냐! 아무리 머리를 굴려도 딱히 좋은 방법이 떠오르지 않아, 주름만 는다, 머리가 쉰다, 바짝바짝 속이

탄다, 새카맣게 탄다, 그
러다 그만 정말 병에
걸려 그날이 되
었을 땐 이미 더
이상 가망이 없단다, 새
카맣게 탄 시체마냥 장주가 훅
훅 가쁜 숨을 내쉴 때마다 지독
한 악취가 주위에 실실 퍼져나갔다. 장
주의 와병(臥病) 소식에 실실 사내 웃고, 사내
의 손에 들린 장주와의 약속 증서도 같이 파들파들 떨
린다. 이 건만 잘 끝나면 내가 장주가 되는 거다, 폐하께선
내가 감당하기 힘들 만큼 큰 상을 내리시겠지, 장주 딸년이
야 결혼해주지 뭐, 재산이 다 내게로 넘어오면 그때 쫓아내
도 누가 뭐라 그러겠어. 장주가 앓고 누워 있는 별채에는
이제 사람이 하나도 안 보인다. 장주는 검게 죽어가고 있는
데, 그게 다 속앓이 때문이라지. 아내도 딸년도 모두 그 악
취를 참지 못해 더 이상 별채에 가지 않는단다. 아침저녁으
로 그나마 미음이라도 날라다 주는 건 언청이에 심한 축농
증에 난시까지 겹친 하녀 하나뿐이라지. 이 하나뿐인 하녀
가 실은 사내놈하고 한짝이라, 장주의 유언을 중언부언 받
아 적는 척하다가, 이건 아닌데, 덧붙이고 그건 그렇지, 지
워버리고 질긴 봉투에 넣은 연후에 납봉으로 지져 제 품에
넣고서도, 아직 숨이 붙어 할딱이는 장주의 입을 틀어막는
대신 제 아가미를 떼어내 장주 겨드랑이에 붙여놓고 헤실헤
실 웃었다. 이 하녀가 누군지 너는 알겠니, 알겠어? 장주

할딱이는 꼴이 어항에서 튀어나와 파닥이는 붕어같이 우습고나, 흐흐흐흐.

한편 사내의 유리구두만을 기다리는 우리의 공주님은 여느 때보다 아름다워라. 긴 드레스 아래 작은 발을 숨기고 종종치던 공주님, 이젠 맘 놓고 부끄러운 발을 왕자님 혓바닥 아래 맡겨도 되겠구나, 밤마다 몰래 찾아오는 왕자님, 알 안고 몰래 가시옵. 시녀들아 나를 따라오니, 오늘은 내 마음이 동해 연못가라도 돌아보고 싶구나. 달 밝은 밤이었다. 달이 밝은 건 싫지만. 시녀 셋이 공주님을 따라 연못으로 향하는데, 히힉, 미리 짐작해서 알겠지 막내야. 그 셋은 사실 처녀들의 영혼에 골수까지 파먹고 껍질을 뒤집어쓴 물귀신 셋이었으니 공주는 이제 다 살았다 다 살았어. 마마 저 연못에 황금잉어가 산다는 말 들어보시었소? 애야, 그런 얘긴 못 들어봤구나. 그럼 황금잉어 한번 보실라요? 네가 보여줄 수 있니? 정말 그 잉어는 황금으로 만들어졌니? 살아는 있니? 호호 마마는 속아만 살으셨나? 첫번째가 말하면, 속아만 살으셨대! 둘째가 말을 받으면, 마마 속앓이는 나을 수 있는 병이 아니래요? 그렇대요? 귀가 어두운 셋째가 엉뚱한 소리를 해댄다. 자 애들아 우리 황금잉어나 보러 가자꾸나. 공주님이 앞서 가고 그 뒤로 질질, 물을 흘리며 물귀신 셋이 따라갔다.

어디 있니? 보이지 않는구나. 아이, 보이지 않는다구요? 좀더 고개를 숙여보시와요. 그래? 눈이 어둡구나, 보이질 않아. 이렇게 좀더. 왼쪽에 첫째, 오른쪽에 둘째. 뒤에 선 셋째. 저기 물 위에 뜬 달이 보이세요? 그래 그건 보이는데. 그 아래에 있잖아요. 어디, 어디? 옳지! 콩쥐년처럼 너도 물 좀 먹어보련. 셋째가 확 밀치자 그만 공주님은 물에 풍덩 빠지고 만다. 고개를 내밀면 첫째가 밟고 또 내밀면 둘째가 밟고, 물 아래로 내려간 셋째 물귀신이 공주님 머리카락을 채어 끌고 내려가네. 기도로 들어찬 물이 입 밖으로 새어 나오는 말을 도로 삼켜버리고, 마침내 허우적거리던 물살도 잦아든다. 물귀신들은 또 공주님 영혼을 맛있게 잡수신다. 셋째야 셋째야, 이제부턴 네가 공주님이다. 저년 대신 네가 공주가 되거라. 날이 밝으면 유리구두가 도착하지. 그 구두를 신고 멀리 달아나자꾸나. 그리고 그날, 공주의 침실에 누워 있는 년은 어떤 년이냐? 공주일까 물귀신일까. 침대가로 줄줄 비린 물이 흘러나오네. 공주일까 물귀신일까. 이 위험한 년은 대체 누구일까?

그러니까 막내야, 지금으로부터 열여섯 해 전에, 왕궁에선 이런 일이 있었단다; 왕과 왕비는 유모에게 안긴 어린 막내공주를 보면서 말했어. 막내공주에겐 춤을 가르쳐보는 게 어떨까요? 무슨 춤을 말이오? 무슨 춤이 든지요. 저렇게 곧 추서길 잘하는 공주의 예쁜 발을 보세요. 첫째는 피아노를 가르쳤었죠. 그래, 그랬었지. 그런데 숲 속의 귀신이 팔을 잘라가는 대신 고양이 발을 달아줬지. 그럼 공주의 발도 잘라갈까요? 아마 그렇겠지. 귀신의 저주는 어떻게 풀 수 있나요? 낸들 알겠소. 물가로만 데려가지 않는다면 괜찮지 않을까? 괜찮을까요? 왜 초대받지 못한 것들은 그렇게 화를 내고 저주를 퍼붓는 걸까요? 천한 것들이라 그렇겠지. 그래도 그 저주가 맞아 떨어질 때마다 가슴 아픈 건 못난 어미아비들. 못난 어미아비들이지. 그럼 이번엔 초대해볼까요? 삼칠일을 지내고 백일잔치 때는 숲 속 귀신에게도 초대장 한 장 보내봅시다. 그래, 그래봅시다. 그래서 까마귀에게 초대장을 물려 날려 보냈지. 커다란, 검은 날개를 펼치고 까악깍 날아간 까마귀가 어두운 숲 안쪽의 귀신에게 제대로 갔을 리가 만무하지, 역시 자신은 초대받지 못했다고 잔뜩 뿔난 귀신은 날과 때를 맞춰 머리를 풀고 흰 소복을 연기처럼 날리면서 서리를 몰고 날아올라 잔치로 흥겨운

궁으로 날아온 것이야. 당연히 왕과 왕비는 귀신을 반갑게
맞이했지. 반가울 리가 만무한데도 겉으로 내색할 수는 없
는 일. 그렇지만 벌써 문지기에게 초대장이 없다는 이유로
면박을 받고 쫓겨날 뻔. 화작화작 불에 기름을 부은 꼴이었
지. 문지기의 간을 냉큼 빼 먹은 귀신은 왕과 왕비의 간까
지 빼 먹으려다. 대체 이 귀신은 산의 정령일까 여우일까
그냥 묻힐 곳을 찾지 못하고 산적에게 죽임당한 처녀일까,
뭐든 간에, 그보다 더한 저주를 퍼부었네. 내 말이 씨가 되
어 싹이 나고 이파리가 돋을 때 어린 공주는 온몸으로 눈물
을 흘리게 될 게야, 이게 너희가 나를 구박한 탓이라는 걸
항상 기억하거라!

　　그렇게 한바탕 저주를 퍼붓고 돌아온 귀신은 제
누추하기 이를 데 없는 토굴로 기어들어가 여
러 가지 약초와 재료들, 이를테면 고양이
발톱과 산 그림자 한 줌, 처녀의 음모와 독
두꺼비 따위를 섞어 미약을 만들어보려 했
는데 만들 때마다 실패하고는, 그만 힘이
빠져 바닥에 주저앉아버렸다. 언니를 찾아
갈까? 언니라면 좋은 미약이
있을 게야. 그래서 찾아간
곳이 바로 바다 깊은 곳에
사는 그, 있잖니, 인어들의 노
래를 빼앗아 제 삶을 잇고, 인어들의
비늘 몇 개로 사랑의 묘약을 만들어도 대체
써먹을 데라곤 하나 없는, 그런 약들을 즐비

하게 늘어놓고, 어떤 책 수집가들처럼 그윽한 눈길로 바라 보면서 해류를 따라 뱅뱅 도는 시간을 까먹고 있었던 그, 물귀신이었던 게지, 헥헥, 이렇게 그 귀신을 말 몇 마디로 설명하기가 힘든 까닭은, 대체 어떤 특징도 찾아볼 수 없이 너무나 평범한 얼굴 때문에 돌아서면 잊어버리고 돌아서면 또 잊어버리게 되는 탓일 게다.

언니! 언니가 가진 약 좀 빌려줘, 약 올라서 못 살겠어! 그 년놈들에게 복수를 하지 않고는 내 턱이 또 한 겹 늘어날 때까지 세상의 온갖 단것을 먹어야 분이 풀릴 것 같아! 사탕, 아이스크림, 초 콜릿, 피자! 또 뭐가 우리 동 생을 화나게 했을까? 년놈 들의 첫째 딸년 팔 대신 고양이 발을 달아놨을 때만 해도 이제 나를 무시하지 못하겠지,라고 생각했는데 또 무시당 했어! 언니, 동생이 이렇게 무시당했는데 안 도와줄 거야? 응? 그래 그래, 내가 동생 부탁을 어찌 거절하겠니. 전에 내게 가져다준 첫째 공주의 팔은 잘 썼으니, 동생아 둘째에 게선 뭘 갖다줄 거니? 뭐가 필요한데? 그년이 열여섯이 되 면 언니가 원하는 걸 가져다주지. 이번엔 껍질이 필요하구 나. 어리고 여린 계집의 껍질이 필요해. 좋아! 대신 살은 내가 구워 먹을 테야! 흐응, 그러려무나. 이번엔 미약 대신 에 물귀신 셋을 보내줄 테니 너는 구경만 하거라. 언니만 믿고 난 그만 갈 테니, 켈켈, 그년이 빨리 열여섯이 되어야

겠네! 숲 속 귀신이 제집으로 흘러 날아간 뒤에, 물귀신은 혼잣말로 중얼거리네, 내게 필요한 것은 왕자님의 숨결, 내 귓바퀴에 훅훅 끼치는 왕자님의 뜨거운 숨결.

그래서 열여섯이 되는 십육 년의 시간은 동화책 한 쪽만 넘겨도 금방 아니겠니? 동생 대신 바닷속의 물귀신은 인어의 비늘 두 쪽으로 다른 물귀신 둘을 만들었다. 그런데 왜 꼭 물귀신이 셋이어야만 했나, 이런 걸 궁금해해서는 안 된단다. 모든 사랑이 셋이어야 하는 것처럼, 복수와 질투에도 셋이 필요하거든, 뭐, 뭐, 모르겠냐고? 차차 알게 될 거야, 그러니 그건 나중에 얘기하고, 그래 궁궐로 들어가 나인 셋을 잡아먹고 껍질을 뒤집어쓴 물귀신 셋은 공주를 양옆에서 뒤에서 보살피게 되었다는 얘기지. 그렇다면, 지금, 오늘, 침대에 누워 줄줄 비린 물을 흘리는 년은 공주일까 물귀신일까? 말해 무엇 할까, 다만 그것이 상상하던 것 그 이상일지도 모르니, 우리 쉽게 판단하지는 말자구나. 공주에게 어떤 일이 일어난 줄도 모르고, 그런 줄도 모르고 잘도 자는 늙은 왕은 진상될 유리구두 꿈만 꾸고 있었다. 그 유리구두를 신고 춤을 추는 막내가 이웃 왕자를 흘려 그 왕국까지 어찌어찌 찜 쪄 먹을 생각만 하고 있었다, 그런 꿈만 꾸고 있었

다. 공주는, 물귀신은, 아니 공주이면서 귀신이기도 하고 공주라고도 귀신이라고도 말할 수 없는, 이 이상한 물건은 침대에 누워 깊은 잠에 빠져서 허우적거렸는데, 이제부터 나는 이것을 공주라고도 귀신이라고도 부를 수 없기 때문에, 단지 이것, 이 '이상한 물건'이라고만 말할 거야, 그러니 막내야, 물건이라고 해서 마구 다뤄도 되는 것은 아니라고, 부모님께서 가르치시곤 하는 이유를 이제 알겠니? 잘못 다루다가 상처를 입으면 어디에 하소연하겠니, 할 수 있겠니. 그래, 그래서 이 이상한 물건이 잠에서 깨어났을 때, 이것은 자신이 무엇인지를 알지는 못하겠지만, 귓바퀴가 이상하게 근질거리는 것이 마치 무슨 짐승의 숨결을 받아드린 것 같은 느낌이 들었지. 막내야, 너라면 그게 어디선가 네 욕을 하고 있을 못난 것들 탓이려니 하겠지만, 이 이상한 물건은 그런 생각을 할 수 있는 과거라거나 소위 말하는 사회라는 관계를 통해서 비로소 제 정신의 육화를 경험하는 사람들과는 사뭇 다른 것이라서, 가만히 귓불을 만지작거리기만 했지. 내가 말하는데, 그 숨결은 물귀신이 가지고 싶어 하는 왕자님의 더운 숨결이었다는 걸, 이 얘기를 듣는 너라면 알지 않을까, 그래 그래, 너라면 알 거야. 이 이상한 물건은 자신의 발이 몹시 낯설어서 한 발 내딛다가 그만 붉은 양탄자 위에 엉덩방아를 찧고 말았다네, 축축하게 젖은 양탄자에서 짠내가 난다네.

자, 이제 다시 얘기하자꾸나, 얘기해줄게. 그런 밤에 그런 이상한 물건이 공주의 침실에서 자신이 누군지, 자신이 무엇인지도 모른 채 누워 있었던 밤에도, 사내는 유리구두를, 혹시나 깨어질까 금이라도 가면 어쩌나 생채기라도 생기면 안 되는데 조심조심 품에 껴안고 잠에 빠져 있었지. 그리고 모가지를 꺾지 못해 오늘도 홰를 치며 우는 금계(金鷄)의 울음소리에, 언청이에 심한 축농증을 앓는 데다가 난시까지 겹친 하녀는 물론이고, 철없는 장주의 딸년은 물론이고, 시커멓게, 다 죽어가는 장주 어르신은 물론이고, 궁녀 셋을 끌어안고 달콤한 잠에 빠졌던 왕과 그날도 아무도 들이지 않는 별궁에 누워 있던 왕비는 물론이고, 온 백성들이 모두, 이상하게도, 그 이상한 밤이 소리도 없이 빠져나간 새벽에 깨어난 것이다. 모두들 너무 일찍들 일어나 앉아 있는 것이다.

유리구두의 진상은 아주 은밀하게 이뤄질 것이다, 라고 온 나라에 소문이 났다. 관에서 영문도 모르고 파견을 나온 나리들께서는 장원의 대문 앞에서, 이리 오너라, 소리를 질렀지만 아무도 마중 나오는 이가 없었다. 검게 다 죽어가는 장주만, 아이구 나리님들께서 오셨다, 오셨어, 안달복달했지만 자리에서 좀체 일어설 수가 없었고, 언청이에 심한 축

농증에다 난시까

지 겹친 이 몹쓸 하녀는 일찍도 일어나 앉아서는 고만 제
졸음을 견디지 못하고 꾸벅꾸벅 졸고들 계시다. 장원 안의
우물도 잠들었고, 막 깨어나 울던 금계는 어느새 꾹꾹 모이
만 찍어 먹고 계시다. 마침 사내 혼자 금합에 잘 담은 유리
구두를 혹시나 떨어뜨릴라, 조심조심 안고 나리들 앞에 섰
는데, 보통 때 같으면 감히 얼굴도 쳐다볼 수 없을 나리님
들을 빤히 올려다보니, 나리들도 괜히 무안해지는 데다, 윗
분들의 곱게 뫼시라는 엄명을 어찌 허투루 들을 수 있겠어,
가마에 사내를 태우고 조심조심 궁으로 들어가게 되었다.
온 나라의 백성들이 모두 귀를 열고 제 방 안에서 무슨 소
리 들리지 않나 신경을 곤두세우고, 어떤 놈은 문창호에 침
을 발라 구멍을 뚫고 나리님들 행렬을 엿보려다 눈을 끄슬
려 장님이 되기도 했고, 자, 장님이 왜 되었냐면 그 물건이
워낙 뜨거운 물건이라 그런 것이라고 생각하면 될 것이야,
그러나 비밀이라고 소문이 나야 비로소 비밀이 되는 사연을
네가 이해할 수 있으려나 모르겠구나, 막내야. 어쨌든 간에
비밀리에 왕궁의 뒷문으로 사내가 들어간 뒤 어찌어찌 되었
는지는 앞으로도 영영 사람들은 알지 못할 것이라는 것은
알겠지. 그게 비밀은, 비밀이니까 말이다.

그렇지만 내가 얘기해줄게, 이 이야기는 비밀이란다. 알려져서는 안 될 비밀. 누군가에게 알려졌을 때에만 비로소 비밀이 되는 비밀. 혹 너희들이 누군가에게 이 이야기, 이 책에 대한 얘기를 부주의하게 흘리기라도 한다면, 물귀신한테 일러주고 말 테다. 막내야, 네 주위에 앉아 있는 저 몹쓸 것들이 입을 열지 않도록 단단히 주의를 주거라. 그들의 입을 봉하고, 이야기가 끝난 뒤엔 귓구멍에 납물을 붓고, 혹시나 그럴 리야 없지만, 자리에서 도망치려는 지들이 있거든 팔다리를 잘라버리거라. 그렇다고 무서워하지는 말아야지. 이 풀을 꼭꼭 씹으면 금세 기분이 좋아질 게야. 침을 질질, 콧물도 질질 흘려도 흘리는 줄 모르게 될 게야.

뒷문으로 들어서면 귀신이 양각된 커다란 문이 나오는데, 이 문은 높이만 스무 자나 되고, 폭은 어른 열 사람이 팔을 벌려 붙여도 그 끝이 닿지 않을 정도였단다. 그런데 그 커다란 문 옆에는 어른 허리에나 올까, 조그만 문이 하나 더 있는데, 얼핏 봐서는 그게 문인지 아닌지 모르게 벽에 딱 달라붙어 조용히 입을 다물고 있지. 사내는 큰 문 옆에 있는 이 조그만 문 쪽으로 안내되었단다. 문이 눈에 쉽게 들어온다는 건 말이야, 그게 안으로 통하는 문이 아니거나 커다란 함정이 아가리를 벌리고 있기 마련이지. 혹시나 누군가가 뒷문을 발견하고 흥분한 나머지 어찌어찌 이 커다

란 문을 열고 안으로 들어가
게라도 된다면, 독화살이
여러 발 가슴에 꽂히
고 말걸? 그렇지?
그게 아니면 악어
떼가 득실대는 함정에
쑥 빠지던가. 하여튼 사내는 허리를 잔
뜩 수그려, 작은 문을 열고, 매번 바뀌는 안내인을 따
라, 오직 유리구두가 깨질까, 상처가 나지는 않을까
조심조심 깊은 계단 아래로 내려갔지. 내려가다 보면
이게 또 어느새 오르고 있고, 세 갈래 길이 나오면 눈이
가려졌다가, 가리개를 풀면 어른 키를 훌쩍 넘기는 관목 숲
에 들어섰다가, 또 밤도 오지 않았는데 어두워지는 하늘,
별, 달을 뒤로하고, 물길을 건너, 어디선가 흘러들어온 안
개를 헤치고, 낮고 구불구불한 갱도를 지나 마침내 겁쟁이
왕이 살고 있는 내전에 도착하게 되었지.

　　그래, 유리구두는 완성되었느냐? 네, 그렇사옵니다 마
마. 어디, 내가 한번 봐야겠다. 무릎으로 기어 금
합을 바치려 하는데, 갑자기 어디선가 새카만 그
림자가 획 뛰쳐나와 금합을 가로채고 사내의
목울대에 칼을 들이대는 거다.
기겁하고 뒤로
벌렁, 엉덩
방아

를 찧고 말았는데, 이 그림자가 말하기를, 감히 폐하의 그
림자를 밟으려 해? 어, 시복아 그만두거라. 어리석은 백
성이 모르고 한 짓이니, 에잉 천한 것. 왕의 가늘고 긴 손
이 금합의 뚜껑을 딸깍 열자 유리구두의 휘황한 광채가, 어
디 빛도 받지 않는데도 주위를 환하게 밝힌다. 오오, 그래
훌륭하구나, 훌륭해. 우리 공주에게 딱 어울리겠구나, 허허
허. 시복아, 어서 공주를 데리고 오너라. 사내는 덜덜 떨다
바지에 오줌을 질금 지렸는지도 모르고, 바닥에 대가리를
딱 붙인 채 쥐 죽은 듯 엎드려 있었다.

갑자기 사내는 오줌을 지릴
때도 느끼지 못했던 오싹
한 한기에 몸을 떨었다.
공주가 다가오고 있었
기 때문이다. 질질. 질질
물을 흘리면서 축축한 몸을
끌고 오는 막내공주를
안 봐도 알겠다. 사내
의 X가 먼저 발딱 일어
섰다. 그래, 이년이 누구인지
나는 모르겠다만, 지나는 자리마
다 물길이 열릴 것처럼 축축한 이년, 막내공주는 늙고 겁
많은 왕의 곁에 서 무심한 눈길로 유리구두를 본다. 내가
무심하다고 했니? 다시 생각해보면 그게 꼭 무심한 것만 같
지는 않구나. 사내는 의식하지 못했지만, 그 유리구두를 화
작화작 화덕에서 녹여낼 때, 그 모래주머니의 모래를 녹여

낼 때 말이다, 그 맛난 불심을 먹으려던 살라만더가 유리 속에 갇혔었거든, 그래서 유리구두는 어쩌면 무언가를 태우지 않고는, 예를 들자면 열정 같은 거 있잖니, 열정이 무엇인지, 그건 영혼을 살라 먹는 이들만이 알지, 태양보다 더 뜨거운 그런 거 있잖니, 입안이 쩍쩍 갈라질 것 같은 갈증 있잖니, 당신의 침을 받아먹고 싶다고 잉잉 우는 애인들처럼 뜨거운 몸을 가진, 그런 것이 유리구두 안에 들어 있었던 것이지. 어쩌면 물귀신이 제가 아끼던 비약을 건네주고 얻고 싶어 했던 이웃 왕자의 뜨거운 숨결과도 비슷한 무엇이지 않겠니, 뭐 그런 거 있잖니.

무심한 것만 같았던 이년, 이 이상한 물건의 눈이 일렁이기 시작한 건 어느 한순간이었지, 공주의 눈이 점점 붉어지고 있는 걸 겁쟁이 왕도 시복이도, 사내도 알지 못했다. 그와 함께 유리구두의 광채는 그 어느 때보다 밝게 빛나고 있었다. 밝게 빛날 뿐만 아니라 붉어지기를 이년, 이 이상한 물건의 눈보다 더 붉어지면서 뜨거워지고 있었다. 이웃 왕자의 숨결도 이처럼 붉고 뜨거운지도 모를 일이지. 나를 다 녹여버릴지도 모를 일이다.

자, 아가야 이 구두는 너를 위해 특별히 만든 거란다. 이 애비의 선물이니라, 허허허. 여느 때와 달라도 너무 다른 년을 제 딸이라고, 아직도 그렇다고 생각하고 있는 것이냐, 아니면 너무도 겁이 나, 두려운 게 뭔지도 모르고, 제대로 뵈는 게 없는 것이냐? 유리구두는 점점 뜨거워지고, 바지에 지린 오줌도 바짝 마르고, 겁쟁이 왕은 제 수염이 타들어가는 것도 모르고. 너무 풀을 많이 씹댄 게지, 시복이는 뒤로 팔짝팔짝 세 번 뛰어, 엇 뜨, 뜨거워, 물러서고, 뜨거운 김이 이년, 이 이상한 물건의 몸에서 피어오른다. 마침내 이년, 이 이상한 물건이 유리구두를 집어 든다, 들자 살 타는 냄새. 한참이나 풀을 씹던 겁쟁이 왕, 어, 아, 아가, 아가야, 바짝 마른 팔을 뻗치다 힘에 겨워 팔을 떨구고, 시, 시복아, 시복이 어딨느냐, 시복이는 벌써 어디로 꽁지에 불붙이고 달아난 뒤고, 엎드려 있던 사내는 제 한쪽 개눈깔을 빼내려 한다, 눈깔도 뜨거워서 못 견디겠던 거지. 그런데 어찌 된 건지 유리구두가 달아오른 만큼 눈깔도 달아올라 눈언저리 살가죽에 딱 달라붙어 떨어지지를 않는다, 아, 아이고 나 죽는다. 그래도 이년, 이 이상한 물건은 한마디 비명도 지르지 않고, 제 살이 아닌 바에야 굳이 비명을 지를 일도 없겠지만서도, 제 작고 고운 발에 유리구두를 신는 것이다, 이 불처럼 새빨간 유리구두를 신자, 뿌연 김이 솟아 살 타는 냄새에 섞여 내전 가득했다.

그리고 춤을 추는 이년, 이 이상한 물건과 침을 질질 흘리며 쓰러진 겁쟁이 왕과 제 나머지 눈깔까지 파내고도 너무 뜨거워 게거품을 내뱉으며 자빠져 있는 사내는, 이제

아마도 잊혀지고야 말 것이다. 당분간 이 왕국에서는 왕의 모습을 볼 수 없을 것이고, 아직도 그 내전에는 겁쟁이 왕과 눈깔을 파낸 사내의 시체 사이에서, 빨간 유리 구두를 신고 춤을 추고 있는 물귀신인, 이년, 이 이상한 년의 따각거리는 구두 소리.

그리고 이 왕국에는 때아닌 눈이 내리고, 눈 사이에서는 단단한 넝쿨들이 솟고, 궁궐을 칭칭 감고, 너무 이르게 일어난 백성들은 꾸벅꾸벅 졸다, 잠이 들어 깨어나지를 못하게 되었단다. 이 왕국에서 잠들지 않은 사람이라곤, 이제 곧 죽을 것 같던 새카맣게 마른 장주와, 그 장주 곁에서 시중들던 언청이에 축농증, 난시까지 겹친 하녀와 숲 속에서 온갖 단것에 취해 제집만큼 살이 쪄 움쭉달싹도 못 하던 숲 속의 귀신과, 뭐 그 정도뿐이었지.

그래, 막내야 내 얘긴 여기에서 끝이 난단다. 먼 훗날 이웃의 왕자가 이 왕국의 넝쿨들을 자르고 헤치고 들어와, 그때까지도 따가닥 따각 춤을 추고 있을 물귀신인 이년, 이 이상한 물건을 발견하게 될 것인지는 나도 모르겠다만, 날아가던 새들도 공중에서 잠이 들고 바람도 차갑게 잠이 들고, 눈만 끝없이 자박자박 쌓이는 이 왕국의 참을 수 없는 침묵을 나 또한 이젠 참을 수가 없구나, 뭐 그렇다는 얘기지.

언니, 내 눈깔 못 봤어? 내 유리눈깔.

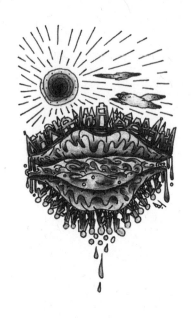

## ᛝ 쿠두 ᛝ

달콤하지만 삼킬 수 없는 말. 침이 고이고, 그 침 안에
서 어떤, 알 수 없는 세계가 만들어진다. 운다, 애인들이
운다. 당신의 침을 받아먹고 싶다고 잉잉 운다. 고이던 침
이 입가로 흘러내린다. 맑다. 말과 함께 흘러내린다. 긴 여
름이 시작되었고, 어떤 세계가 애인들의 벌린 입안으로 한
방울씩, 톡톡, 떨어진다. 애인들의 상기된 얼굴이 눈앞에,
바로 눈 아래에서 어른거린다. 우리는 멀고 먼 곳으로 떠나
는 자들, 떠나기만 하는 자들. 돌아올 줄 모르는 자들.

암소가 우물물을 마시면 우유가 되지만 독사가 마시면

독이 된다네.

어떤 사람이 내뱉은 말은, 또 어떤 사람이 삼킨 말은,

나의 이름은 쿠두Kudu.

우리 자매들의 가늘고 긴 머리카락은 서로 엉켜 여섯 방향으로 당겨진다네. 나의 이름은 쿠두. 이것은 무는 이빨, 실제로는 끊고 잘라서 자유롭게 해주는 이빨.★ 우리는 더 이상 아름답지도 젊지도 않다네. 우리들의 노래는 너무 높아 들리지 않거나, 혹 그것을 듣는 자가 있거든 그자의 혼을 빨아먹고 마는 노래. 나의 이름은 쿠두. 당신의 길고 하얀 목에 박힌 빛나는 보석과 같은 이빨. 당신의 피 대신 당신의 영혼을 원합니다. 높고 높은 노래. 당신의 시간을 앗아가는 노래. 삼 일만 놀다 가세요, 그러면 모든 속된 인연들이 끊어질 겁니다. 나의 이름은 쿠두. 끊고, 잘라서, 자유롭게 해주는, 이빨.

막내야, 술라바soulava를 넘겨주는 데는 느려서도 안 되고 인색해서도 안 된단다.★★ 내 목에 걸어주었지, 나는 이 목걸이를 건네주기 위해 오른쪽으로 헤엄쳐 갈 것이다.

★ 마르셀 모스, 『증여론』, 이상률 옮김, 한길사, p. 112.
★★ 위의 책, p. 105.

그러는 동안 또 왼쪽에서 전해진 팔찌, 음왈리mwali의 찰랑거리는 소리를 쫓아 나는 왼쪽으로도 헤엄칠 것이다. 그러니까 나는 술라바와 음왈리가 거쳐 가는, 어떤 시간의 갈라지는 곳을 따라 갈라지고 쪼개지겠지. 오른쪽으로 가서 만나는 나와 왼쪽에서 만나게 될 나는 둘이면서 하나이거나, 하나였던 고리를 끊고, 잘라서, 자유롭게 해주는 이빨, 쿠두라고 불린단다. 내 이빨을 본 적이 있니? 네 유리눈깔을 본 적이 있지. 붉고 뜨거운 눈낄이지. 내 이빨을 본 적이 있니? 일흔두 개이거나 때로는 삼백예순네 개의 송곳니로만 만들어진 내 이빨을 본 적이 있니?

두 개의 다른 시간을 단일한 몸이 소유할 뿐만 아니라, 두 시간이 서로를 마주 본다는 것이 어떤 느낌일지 사람들은 모른다/몰랐다. (막내야, 너는 아니?) 묻는다/물었다. 다만 시제로만 표현될 수 있을 뿐이지. 그 표현조차도 너무 관념적이라 한 번 더 은유의 방식을 겪어내지 않으면 안 된단다. (막내야, 내 이빨을 본 적이 있니?) 그 시간을 표현하기 위해 우리가 표현의 양식으로 선택하는 것이 바로 '사랑의 문형'이라네. 사랑한다/사랑했다. 술라바의 시간은 흘러가는 시간. (말처럼 날카로운) 음왈리의 시간은 되짚어 돌아가는 시간. 그 둘을 동시에 몸에 간직하고 있다는 것은, 그 시간의 고리를 끊고, 잘라서, 자유롭게 해주기 위함이지. (내 이빨을 본 적이 있니?) 내 이름은 쿠두.

내가 왼쪽으로 헤엄칠 때, 파도가 몹시 치던 밤이 있지.

나는 헤엄치고 그 밤은 있네. 나는 헤엄쳤었는데 그 밤은 있지. 그 밤은 언제까지나 있는데, 별도, 달도 없었고 밤은 있어. 파도를 피해 뭍으로 올라갔었고 그 밤은 여전히 있는데, 젖은 머리카락을 말리는 동안 파도는 파도보다 더 큰 시간의 구멍으로 빨려 들어가지. 오오, 밤이고 시간이 있지. 파도가 다시 잔잔해졌지만, 여전히 밤은 있어. 밤을 사랑해/사랑했네. 마침내 잔잔해진 밤바다를, 있지, 나는 여전히 사랑해. 밤이었지. 밤의 물에 떠 어둠 한 덩어리가 흘러들어오네, 내 앞으로 흘러와서, 흘러가거나 빨려 들어간 시간의 결, 무늬에 던져진 검은 얼룩 어둠이.

어두운 것이여, 이건 대체 무엇이냐, 내가 물었지만 어두운 것은 대답이 없었네. 어두운 것이여, 그대는 누구인가, 다시 물었지만 어두운 것은 말을 하지 않은 채, 축축한 덩어리. 어두운 자여, 오, 밤이여! 나의 노래가 찢어지듯 높은 소리를 내자 그것이 드디어 꿈틀거렸네. 파도가 배를 쪼개버렸고, 쪼개진 틈에 그만 정신을 놓고 혼절해버린, 어

두운 것, 사내의 얼굴이 들리고, 나는 서둘
러 몸을 숨긴 뒤 작은 목소리로, 짐짓 꾸며
낸 투로 말하는 것을 경계하면서, 누, 누구
신가요? 괜찮으세요? 아, 머리가 아파요, 대체
여긴 어딜까, 너무 멀리 나와서 모두 너무 멀리
떠나버리고, 나 혼자 이렇게 떠밀려 와버렸어요,
목소리, 목소리…… 내게 묻는 당신은 누구이고
어디에 계신가요? 몸이 뱀처럼 차가워져버렸
습니다, 목소리, 목소리…… 저는 이 바위
뒤에 있습니다. 당신이 무서워 숨었습니다.
나, 쿠두는 사내를 보고 사내는 나를 보지 않
는 것처럼, 그대여 무서운 것은 관계랍니다. 당신이 무서워
하는 모든 것들은 언제나 예측 가능한 것 안에서만 무서운
것일 뿐이지요. 그대여 무서운 것은 진정, 관계랍니다. 서
로 눈 맞는 것을 사랑이라고 말하는 자들은 사랑이 무엇인
지 모르는 자들, 자 이제 우리의 시선은 서로 어긋나고 말
것이라는 걸 두려워하세요, 무서워하세요!

**밤이고 시간이 있지**
두려워하세요!
**어긋난 시선이 있지**
무서워하세요!

나는 사내를 긴 꼬리로 감싸고 송곳니가 드러난 큰 입을 벌려 사내와 입맞춤을 했지, 달콤하고 쓰고 괴로웠으며, 사내는 떨었지만 곧 그 떨림은 멈췄고, 사내에게 비친 아름답기 그지없는 나, 쿠두는 만질 수 없는 거울 속의 그 자신처럼, 달콤하고 쓰고 괴로웠네, 두렵고 무섭고 외로웠네. 우리는 사랑해/사랑했네. 서로의 입에서 흘러내린 침들이 똑똑 어두운 밤에 떨어질 때마다 꽃이 피었네. 우리 집에 왜 왔니? 꽃 찾으러 왔단다. 무슨 꽃을 찾으려 왔느냐? 두렵고 무섭고 외로운 꽃. 내어줄 수가 없단다, 없단다, 없단다. 저주받은 파란 꽃, 나는 사내를 부축해 새로 돋은 다리, 엉치에는 꼬리가 달려 있고, 새로 자란 팔, 겨드랑이엔 투명한 막, 손가락 사이엔 갈퀴가, 날카로운 이빨 쿠두는 도마뱀처럼 생겼대요, 꽃 따 먹는 도마뱀, 그 꽃이 똑똑 걸음마다 피어났다.

　모두 왼쪽으로 헤엄쳐 나간 첫째 밤에 벌어진 일이지.


　그리고 둘째 날. 나는 아무래도 사내를 궁금해하지 않는 나를 의심하지 않는다네. 나는 궁금하지 않아. 다만 어젯밤 사내를 건져낸 뒤, 바로 정신을 놓아버린 그 사내를 커다란 라피아야자수 잎을 깔아 그 위에 눕혀두고, 그 사내

를 보면서도 (무언가를)
궁금해하지 않았지. 그
냥 정신을 놓고 깨어
나지 말았으면 좋겠
어. 나는 시간을 가늠
해보려고 했는데 그림자
가 어느새 길게 늘어져 해변까지 닿았고, 그림자가 뜨거웠
나 파도가 서둘러 제 발을 빼는 것이 보였지. 다시 다가왔
다 살금 파도의 발, 다시 물러났네. 둘째 날도 그렇게 이울
라고 했지. 물러났다 다가오는 파도 사이에서 뭔가가 반짝
거리길래 나는 살금살금 기어 뭔가를 집어 들고 다시 사내
곁으로 왔다. 이건 뭐지, 이건 음왈리라고 불리는 팔찌. 예
쁘고 고운 팔찌. 왼쪽으로 갈 때만 만날 수 있는 팔찌. 팔
찌를 손에 차고 찰랑, 커다란 꽃이 손목에 피어났고, 꿀 냄
새를 맡은 벌 한 마리 늦은 저녁에 날아왔지. 낼름 긴 혓바
닥을 내밀어 잡아먹었는데, 그걸 본능이라고 말하지는 않
겠지.

저녁에는 별들이 하나씩 먼 수평선 아
래로 떨어지거나 솟아오르지. 사내가 깨
어난다. 나는 서둘러 사내의 눈에 팔찌에
핀 꽃, 꽃가루를 뿌리지. 나는 어여쁜 아
가씨, 시골 아낙. 사내는 사람의 본능을
따라, 여기가 어디지요? 내가 얼마나 잠들
어 있었나요? 나는 대답하지. 여기가 어디인
지는 중요하지 않아요. 얼마나 시간이 지났는지도.

내가 헤엄쳐 왔던 왼쪽과 당신이 시간과 함께 흘러와 만난 이곳에서부터 시작되었죠. 자 보세요, 이미 파도는 잔잔해 졌죠. 저는 당신을 아기처럼 안고 당신이 깨어나길 기다렸답니다. 기다리지 않았어요. 영원히 잠들어 있었다면. 당신은 누구신가요? 저를 저 위험한 파도에서 구해주셨군요? 궁금해 하지 마세요. 당신은 아기처럼 내 팔 안에서 잠이 들 거예요. 이미 해가 졌군요. 내일도 해는 져 있겠죠. 당신은 밤에만 깨어 있어야 해요. 하나만 말씀드릴게요, 내 이름은 쿠두, 끊고 잘라서 자유롭게 해주는 이빨. 이해할 수 없군요. 이해하지 마세요. 알아들을 수가 없어요. 알아들을 수 없는 말. 밤이 되어서인가요, 말도 알아들을 수 없고 당신의 모습도 흐릿하기만 하군요. 여기는, 여기는 어디이고 언제인가요? 이제 다시 주무세요, 저는 당신의 음왈리를 이미 받았답니다. 둘째 날은 영원한 밤처럼 나, 쿠두에게도 사내에게서도 멈춰 있었다네. 별들의 회전이 멈춘 둘째 날.

낮에는 사내의 몸이 말라붙어
　　야자수 그늘로 옮겨놓은 뒤
진흙을 발라줬네
밤에는 그 진흙을 털어내고 일어난
　　사내와 함께 먼 바다를 보고만
있었지
낮과 밤 사이에 사내는 잠만
잤고 잘 수 없는

쿠두는 사내의 허벅지에 이빨을 박고 있지

음왈리가 시간을 빨아먹었네 나는 점점
　　젊어지고 있지 네가 늙어가
　고 있는 동안
　셋째 날부터는 날을 세는 것
이 의미가 없어졌다네
　　밤만 계속되었기 때
　문이지
　나 쿠두는 사내에게 섬 깊은
곳에서
　　잘라낸 풀을 씹어 먹게 했네

그리고 왼쪽으로 헤엄쳐 온 며칠째인가, 여전히 시간
은 있지. 한동안 해를 본 적이 없는 사내는 먼 바다를 바라
보면서 풀을 질겅질겅 씹으며 앉아 있었고, 나는 그의 왼쪽
허벅지에 이빨을 박고 누워 시간을 빨아먹지. 사내의 괴괴
풀린 눈깔 아래 벌어진 입에서 침이 한 방울씩 똑똑 떨어져
내 머리카락에 들러붙네. 나는 왼팔을
들어 짤랑 음왈리를 흔들어봤지. 밤
에만 피는 파란 꽃. 짤랑이는 파
동에 흔들리면서 꽃가루를 날
리는 늦은 저녁의 해변가.
사내의 옷이 삭아 떨어져
나갔지만 사내는 옷을 벗지 않

는다. 처음으로 나 쿠두는 의문을 가지게 되었지. 사내는 젓가락처럼 가느다래진 손을 들어 내 머리를 쓰다듬는다. 내 의문에 답하지 않겠다는 그의 의지라고 생각했다. 나는 의문이란 이렇게 부질없다고 생각했다. 사내의 머리카락은 이내 하얀 백발로 변해갔다. 그리고 내가 더 힘껏 허벅지를 빨아들일 때마다 뭉텅뭉텅 머리카락이 빠져나갔다. 검버섯도 피어 포자를 날리기 시작했다. 나는 더 젊어졌다. 그리고 어려졌다. 그리고 허벅지에서 입을 떼어내고 홀쩍홀쩍 울었다. 왼쪽으로, 그만 헤엄쳐야겠다고 말했다. 사내는 너무 많이 풀을 씹어댔다. 내 말을 알아듣지 못하고 고개만 끄덕거렸다. 어제가 내일이 되고 그보다 더 오랜 이야기들이 곧 우리 앞에 닥쳐올 것이다.

마침내 사내의 숨이 끊어졌다. 허벅지에 박힌 송곳니를 빼내었지만 피가 솟지는 않았다. 나는 인색해지지 않기 위해 음왈리를 누군가에게 전해줘야 하겠지. 미련 없이. 미련 없이 바다로 나가 헤엄치기 시작한다. 언제가 될지 모를 언젠가 사내가 발견되었겠지. 배가 부서지고 표류하다 도착한 섬에서 구조되기를 기다리다 죽었다고 먼 미래의 어떤 이가 말했다. 사내의 누런 이빨 사이에 낀 씹다 만 풀이 환

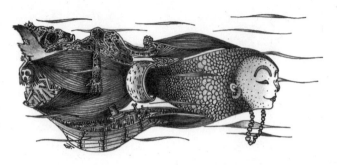

각을 일으켰으리라 짐작하겠지. 그러나 그 환각이야말로
나 쿠두를 사랑했던 사내의 유일한 진실이었다고 아무도 말
하지 않는다. 그렇게 진실은 묻히고 장례를 치러줄 아무도
나타나지 않아야만 한다. 단지 사흘이 지나는 동안 바다 건
너의 어느 왕국의 공주는 빨간 유리구두를 신고 춤춘 지 백
년이나 되었다는 걸 누가 상상이나 할 수 있을까? 나는 그
시간의 매듭을 끊고, 잘라, 자유롭게 해주는 이빨.

해변에
서 헤엄쳐
건넌 곳엔 섬
이 있지
그 섬의 암초에 올라
높은 목소리로 노래를 불러
줬지
아무도 들을 수 없는 노래였다네
누군가는 이미 지나쳤고 또 어떤 이는 영원히 다가올
수 없는 곳이 있지
나는 다시 왼쪽으로 헤엄쳤다

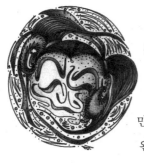

어느 미래가 아니라 이미 나는 헤엄
쳤다

시제는 아무것도 표현할 수 없다

아무것도 표현하지 않기 위해서
만 시제는 존재한다네

왼쪽으로 헤엄쳐 나간 왼쪽의 시간에
나는 또 오른쪽으로 헤엄쳤네

규칙은 오직 왼쪽으로 돌려받고 오른쪽으로 돌려주는 것


물에 퉁퉁 불은 시체가 떠밀려오는 곳까지, 오른쪽으
로 헤엄친 쿠두는 그 시체들 사이에서 사내를 발견했다. 나
쿠두는 사내의 팔목에 음왈리를 채워주었고, 사내의 목에
걸린 술라바를 풀어 만지작거린다. 술라바의 한가운데에는
커다란 비늘이 하나. 아마도 파르반이 떼어준 은빛 비늘.
기억은 과거를 지나간 것으로 인식할 때만 존재한다고들 말
한다. 내가 왼쪽에서 사내와 지냈던 사흘, 또는 사흘보다
많은 밤의 어떤 시간을 기억하는 것은 그것이 과거이기 때
문일까? 그러나 시제가 내 이빨에 끊기고, 잘려, 자유로워
졌다면, 기억은 기억대로 과거는 과거대로 제각각 흩어져
버릴 것이다. 나는 기억 속에 저 멀리 흘러가버린 왼쪽의
기억, 또는 기억의 미래라고 말해도 좋은 어떤 시간에 대해
생각한다. 내가 둘로 갈라져 하나는 왼쪽으로 하나는 오른
쪽으로 헤엄칠 때, 사내는 왼쪽에서 풀을 씹고 오른쪽에서
는 지독한 시취를 내뿜고 있었다. 두 사내가 다른 사람이라

고 말할 수 없는 것
은, 나의 혀가
굳은 탓이라고
말해도 좋다. 그렇다고
해서 두 사내가 정말
다른 두 사람이라
고 생각하지 않는다.

말할 수 없는 것과 말할 수 없는 것에 대해 생각하는 것은,
다르면서도 동일한 무언가를 공유하고 있을 것이다. 그리
고 공유하고 있는 그 무엇이야말로 내가 사내를 같은 사람
이라고 말하는 근거이기도 하다. 완전히 다른 세계를 서로
건너가고 오기 위해서 우리가 버려야 할 시제에 대해, 지금
얘기하는 중이다.


해변에서 헤엄쳐 건넌 곳엔 섬이 있지
어떤 샘이 있고 샘을 둘러
작은 숲이 있고 숲 사이로
구불거리는 샛길이 있고
샛길을 따라 내려가면 마을이 있고
마을에는 초경을 치르려는 소녀들의 배를
쓸어주는 어미들이 있네


혼자 가지 않으면 안 되는 길이 있지. 사과
를 좋아해서 사과를 따 먹고 아이를 밴 어미가 오랜
진통 끝에 사과의 아이를 낳았다. 사과의 아이는 사과나무

가 자라 사과를 맺듯이 사과나무 주위에서 놀다가 사과나무
가지에 포대기에 싸인 채 걸려 잠들면서 자랐기 때문에 결
코 사과를 먹어서는 안 된다고 배웠다. 그건 바로 사과가
그 아이의 살과 같기 때문이지. 제 살을 뜯어 먹는 미친 할
망구는 멧돼지 고기를 먹었기 때문인데 이 또한 할망구의
어미가 할망구를 뱄을 때 동네 장정들이 잡아온 멧돼지 고
기를 나눠 먹은 이유로 할망구 역시 멧돼지와 영혼을 나눠
가지게 된 탓이다. 조심하지 않고 초경을 치르기 전 멧돼지
의 살을 얻어먹은 할망구는 미쳐서 마을 밖에 움막을 짓고
살았는지 죽었는지 모르게 살아갔다고 한다. 아니 죽어갔
다던가? 사과의 아이는 다행히도 어떤 몹쓸 년처럼 사과를
따 먹고 수치를 깨닫게 되지는 않았다지. 이제 초경을 치른
뒤에 비로소 사과를 먹을 권리를 갖게 되었다네. 마침내 사
과와 아이가 분리되어 아이가 한 사람으로 다시 태어나게
되는 거지. 어떤 아이는 조개를 캐 먹을 권리를 갖게 되었
고, 또 어떤 아이는 감자를, 어떤 아이는 만져서는 안 될
앵두나무를, 나는 입술을, 너를,
그 모든 것들의 영혼을 나들에
게서 분리
시킬

수 있게 되었네. 초경을 치르는 날은, 산을 오른쪽으로 뱅 뱅 돌아, 일부러 멀리 돌아, 그 작은 샘에 풍덩 핏덩이와 함께 빠뜨려야 한다. 어른들은 의식(儀式)이 끝난 뒤, 아니 어쩌면 여기서부터 의식이 시작되는 건지도 몰라, 물길을 터 바다로 흘려보내는데, 그건 반드시 오른쪽이어야 하지. 오른쪽으로 핏덩이를 흘려보내야만 하는데 무슨 이유를 굳 이 붙일 필요는 없지. 거기서 커다란 바다 괴물이 흘러들어 온 핏덩이를 맛나게 먹고 한동안 풍어(豊漁)를 약속한다느 니 하는 따위는 모두모두 거짓말. 나 역시 오른쪽으로 산을 올라가 내게서 네 입술을 떼어내려 했는데, 이만큼 좋은 기 회가 없었는데, 그만, 왼쪽 덤불에서 불쑥 튀어나온 멧돼지 인지 할망구인지 모를 년의 손에 잡혀 왼쪽으로 끌려가고 말았지. 그 좋은 기회를 영영 잃고 말았네.

이년! 네가 사람이 될 수 있었던 게 누구 덕이니? 이제는 애를 갖고 싶은 것이냐? 배 가 아프다구? 네 핏물은 이 삼베에 적셔 내 품 에 넣어둬야겠다. 누구 애를 갖고 싶니? 어떤 놈의 애를 배고 싶은 거냐? 할망구는 굽은 허리 를 펴지도 못하면서 무슨 팔뚝의 힘은 그리 센지, 꼭 멧돼지처럼, 나를 구석으로 패대기를 쳤다. 아 파도 말할 수가 없네, 내 말을 어디다 감춰두었나. 할망구 는 다시 내 머리채를 잡아 채 벽에 밀어붙여놓고 말했지. 이년, 이 피라미 같은 년. 내 손을 빠져나갈 수 있을 것 같 으냐? 네가 알을 까놓고 모래로 덮어둔 곳을 내가 모를 줄 알고? 벌써 까막까치를 불러 배불리 먹였단다, 알겠니? 나

는 말을 하지 못하고 눈물만 줄줄 흘렸지. 때맞춰 아랫도리
에서 핏물이 울컥 배어 나온다. 내 입술에 붙은 네 입술을
이젠 떼어낼 수가 없게 되었다, 없게 되었다……

　　나 쿠두는 당신의 입술을 잘근
잘근 씹는다. 떨어지지 않는 입술
을 떼어내기 위해서. 당신의 가슴에
볼을 비벼대고, 가슴과 귓불을 핥는다.
긴 손톱이 당신의 등을 파고든다. 썩은
그루터기처럼 움직이지 않는 당신에게
매달려 깊고 깊은 신음을 흘려낸다. 더
이상 고동 소리가 들리지 않는 가슴, 툭
튀어나와 감기지 않는 눈깔, 입술을 달
싹여 물고 빨고 입안에 넣고 굴린다, 송
곳니에 상처를 입지 않도록. 아아, 침,
침을 내어다오.

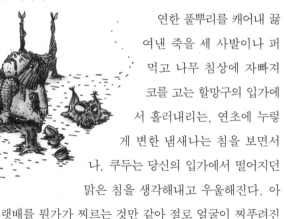

　　　　　　　연한 풀뿌리를 캐어내 끓
　　　　　여낸 죽을 세 사발이나 퍼
　　　　먹고 나무 침상에 자빠져
　　　　코를 고는 할망구의 입가에
　　　서 흘러내리는, 연초에 누렇
　　게 변한 냄새나는 침을 보면서
　나, 쿠두는 당신의 입가에서 떨어지던
　맑은 침을 생각해내고 우울해진다. 아
랫배를 뭔가가 찌르는 것만 같아 절로 얼굴이 찌푸려진
다. 뭔가가 다시 배어 나오는 것 같아 나는 치마를 걷고 쪼

그리고 앉는다. 오줌이 질금거릴 때마다 핏덩이도 툭툭 같이 떨어져 내린다.

해변에서 헤엄쳐 건넌 곳엔
섬이 있지
그 섬에서 나는 오른쪽으로
가지 못했네
붙잡혔지 도망칠 수 없었고 피곤
해서 눈을 감았지
눈을 감으면 눈꺼풀 속 눈깔이
몸 안으로 쑥 빨려 들어가버
린다네

핏속을 흘러 다니다 핏덩이와 함께 아랫도리에
고인다. 고였다가 핏물과 함께 쏟아진다. 붉은 벽, 홍
등, 나 쿠두는 어둠 속을 마구 달려, 눈을 뜨면 아편 피우
는 냄새. 마작 패를 고르는 사내들, 이빨 개수만큼이나 많
은 자매들이 몽롱하게 취해 있는 곳까지 달려 나간다. 하,

할망구! 정말 나를 사람으로 만들어주긴 한 것이냐? 허리 아래부터 길게 트인 빨간 드레스를 입고, 긴 담뱃대를 물고, 길고 긴 소파에 비스듬히 기댄, 나 쿠두는 실눈을 뜬다. 또 어딘가로 옮겨 갔구나. 헤엄쳐 갈 때마다, 눈을 뜰 때마다 다른 몸을 입는 나는, 그렇다면 저 할망구가 내 몸, 내 부모가 준 곱고 매끈한 몸을 가져가는 대신 수많은 삶을 준 것이 분명하지.

풀을 씹고, 연기를 내뿜고, 술을 마시고, 자매들의 몸을 주무르는 사내들 사이를, 몰래 휘청 빠져나와 방으로 들어간, 나 쿠두는 화장대 앞에 앉아 거울을 본다. 거울 구석에는 아직도 아랫배를 움켜쥐고 쪼그리고 앉아 있는 쿠두가 보이고, 그 쿠두의 눈깔에 어려 있는 그림자의 긴 꼬리가 보인다. 구석에서 시선을 거두고 앞을 똑바로 본다. 목에는 전해줘야만 할 목걸이 술라바가 걸려 있고, 반짝이는 은빛 비늘이 더 붉게 빛난다.

분을 바르고, 손톱을 손질하고, 마스카라를 더 짙게 칠한다. 그러다가 눈물을 흘리지, 마스카라 눈물. 너무 울면 눈깔이 빠질 수도 있단다. 화장을 할 때는 조심해야지, 눈깔이 빠지면 여간 곤란한 일이 아니거든. 그러나 어쩐 일인지 화장할 때마다 눈물이 자꾸 흐르는 걸 어째, 어쩐다니. 그런데 그만 나는 마스카라 눈물, 남자인지 여자인지 알 수가 없어. 매번 흘리는 눈물이 마스카라 눈물, 검고 축축한 밤을 한 숟가락 퍼 내 눈가에 바르고 흘린다, 마스카라 눈물. 내가 왜 슬픈지 모르겠다, 모르겠다…… 손질한 손톱에 바른 매니큐어가 마르면 꽃이 핀다. 뚝뚝, 마스카라 눈물이 떨어져, 검은 꽃이 핀다. 나는 한숨을 쉬고, 마스카라 눈물, 담뱃대를 한껏 빨아, 혹, 거울에 내뱉지.

강퍅한 표정에 굵은 주름이 셋, 눈꺼풀에는 짙은 문신, 주렁주렁 달린 귀고리 때문에 늘어진 귓불, 세 겹으로 주름 잡힌 턱의, 어, 어머니. 쿠두야, 일할 시간이다, 히히. 그 촌시런 목걸이만 빼면 얼마나 예쁠까, 나리들께서 얼마나 예뻐해주실까. 왜 이 어미가 맡아 두겠다는데도 싫다고 하는지 모르겠구나, 히히. 나는 어머니를 바라본다. 어머니는 침을 튀기면서, 히히, 웃고 계신다. 그럴수록 목걸이를 쥔 손은 더, 꼭, 힘을 줘서, 더, 꼭. 어머니, 말씀드렸잖아요, 이건 제 것도 아니고 어머니 것도 아니에요, 단지 전해줘야만 할 물건, 더 이상 시간을 지체할 수 없는데, 마치 저는 인색한 구두쇠가 된 것만 같아요. 아, 아니다, 히히, 어여 나가보거라, 내 더 이상 목걸이 얘기는 안 하마. 나리께서 안달하실라, 숨넘어가실지도 모르지, 히히.

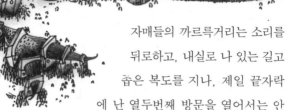

자매들의 까르륵거리는 소리를
뒤로하고, 내실로 나 있는 길고
좁은 복도를 지나, 제일 끝자락
에 난 열두번째 방문을 열어서는 안
된다고 누가 그랬더라, 누가 그랬는데 내 손엔 벌써 황금열
쇠가 쥐어져 있다. 호기심도 없는데. 알고 싶지도 않고, 보
고 싶지도 않은데. 목이 마르고 온몸이 마르고, 물이 그립
고, 당신의 침이 그립다. 빼곡한 붉은 돌기들처럼 깔린 양
탄자 위에, 물풀처럼 흔들리며 늘어진 붉은 커튼 뒤에, 당
신의 넓은 등짝 같은 하얀 침대 위에, 물범처럼, 움찔거리
기도 힘든 나리께서 누워 계시지. 긴 콧수염을 습관적으로
꼬면서 나리께서 말씀하신다. 커, 커튼을 걷어라.

나 쿠두는, 질척질척 흐르는 땀을
닦지도 않는 나리 곁에 앉아 몸통
만큼이나 두꺼운 장딴지를 주무른
다. 나리, 나리께서는 어떠신지요?
사람으로 사는 것이 어떠신지요?
사, 사람이라구 했니? 사람
이라구 했어? 사람이라
구 이렇게 할 수 있겠니,
딸년을 먼저 보낸 것도 모자

라, 그 딸년의 시신까지 괭이 먹잇감이 되도록 아무것도 하지 못한 것을, 사람이라구 할 수 있겠니? 모르겠습니다. 어쨌든 나리의 두 팔과 두 다리, 헐떡이는 허파와 목소리만으로도 충분히 사람이라구 말할 수 있지 않겠습니까? 허, 허네 이빨 참 날카롭기도 하구나. 말처럼 날카로워서 심장을 다 후벼 파는 것 같구나. 사람은 서로 기대기 때문에 사람인 것이다. 기댈 것 없는 것을 어찌 사람이라고 하겠니. 그러고 보면 너도 사람은 아닌 것 같구나, 허허. 사람은 무엇입니까? 낸들 알겠느냐. 사람이 되고 싶습니다. 되어서 무엇에 쓰려고? 모르겠습니다. 그래도 사람이 되고 싶은 것은 거역할 수 없는 나의 욕망이라는 건 알겠습니다. 그럼 너는 벌써 사람이로구나. 내 생각엔 그렇다. 욕망이 사람을 만드는 것이지. 나리의 욕망은 무엇입니까? 나는 사람이 아니다. 욕망만으로 사람이 될 수 있습니까? 내가 사람이었을 땐 욕망이 있었는데 지금은 욕망이 없어서 사람이 아닌 것 같구나. 나리께선 말씀만으로 살아남으셨군요. 말이 욕망이고 욕망이 사람이지. 따님은 사람이었잖습니까? 사람이었지. 나리께서도 사람이셨지요? 사람이었지. 무엇을 원하셨던가요? 서로를 원했지. 지금은…… 지금은 보다시피 사람이 아니구나, 욕망이 두려워 도망치고 말았지. 따님은…… 딸년이 풍문에 죽고 만 것은, 모두 그 풍문 속에 섞여 있던 말, 때문이었지. 저는 그 말을 찾습니다. 그 말을 찾아 사람이 되겠습니다.


해변에서 헤엄쳐 건넌 곳엔 섬이 있지

열두번째 문 안에 있던 건 사람이 아니었다네

긴 담뱃대에 불붙여 깊게 들이마시고 내뱉는 연기

나는 눈을 감고. 아이를 갖고 싶니? 사람이 되고 싶니?

사과를 먹고 싶니? 멧돼지를 구울 테냐?

술라바는 전해주었니? 왜 그리

인색해졌니!

그리고 또 셋이 있었네. 나는 광대. 나는

여왕. 나는 악사. 우리 자매들의 가늘고 긴 머

리카락은 서로 엉켜 여섯 방향으로 당겨진다네. 쿠두는 여

섯이 다 되어 보았지. 그러나 아무도 사람은 아니었다네.

나는 광대. 나는 여왕. 나는 악사. 이야기를 하는 마누. 사

내의 깊고 푸른 눈 속에 빠져 허우적대던 파르반. 그리고,

그리고 막내야. 나는 네가 되어 누군가를 물속에서 건지고

숨을 불어넣고 부끄러워 바위 뒤에 숨었다네. 할망구의 비

약을 받아 마셔도 보았네. 사람이 되고 싶었어. 그러나 나

쿠두는 무는 이빨, 실제로는 끊고 잘라서 자유롭게 해주는

이빨. 엉켜 당겨지던 여섯 가닥

의 머리카락을 잘라

자매들을 자유롭게

해주는 이빨. 사람

이 아니었다네, 사람이

아니었다네.

아, 아마도 할망구는⋯⋯, 막내야 네게 줄 비약, 사랑

의 묘약은 언니들 몫은 아닌가 봐. 아마도 할방구는⋯⋯,

고쟁이 속 깊이 숨겨두었나 봐, 사람이 되고 싶니? 사람이 되고 싶어. 욕방이 두렵고, 애인들은 끔찍하고, 말만 남아 허공을 떠도네, 사람의 몸을 가지고 싶다고 했는데, 그 가죽 속엔 왜 이렇게 욕망, 두려움, 슬픔, 외로움들만 가득 차 있을까? 어쩌면 판도라의 상자란 것은 벗겨 잘 말린 사람의 가죽이 아니었을까? 그 안에 신들이 선물로 준 욕망, 두려움, 슬픔, 외로움……, 희, 희망? 희망들을 담고 서 있는 것 아닐까……. 자꾸 말이 줄어들지. 줄어들어 입을 다물지. 가죽을 꿰매 깊은 곳에 묻고 말지. 나는 지금 해변을 보고 누운 묘지 안에서 눈을 뜨고 주절거린다.

사람이 되고 싶어……

되고 싶니?

오색 공이 하늘 위로 던져지고 외줄을 타는 나, 쿠두는 웃거나 울고 넘겨졌다 일어난다. 짙은 화장이 변장이 되어버렸다. 커다란 공을 굴리고 올라타다 넘겨져 엉덩방아를 찧고 운다. 모자를 빼앗고 빼앗겼다. 코끼리가 쫓아오자 다다다 달리다 미끄러진다. 공중에서 세 바퀴 돌다 그대로 엎어지고, 정말 코가 깨져 그날 밤 내내 아팠다. 화장을 지우지 않았다. 눈물이 또르르 굴러갔다. 나는 한 번도 화장을 지우지 않았다.

나는 커다란 홀(笏)을 쥔 신하들에게 둘러싸여 뭔가를 열심히 듣고 있었다. 뭔가를 열심히 말하는 신하들의 입에서 기어 나온 벌레 여러 마리가 귓속으로 들어갔다. 왼쪽 귀로 들어간 벌레는 오른쪽으로 나왔다. 젖은 날개를 말리고 날아가버렸다. 나는 담비 가죽으로 잇댄 푹신한 의자에 앉아, 무기력하게 눈물을 흘린다. 누군가가 눈물을 열심히 닦아주었다. 그러나 멈추지 않는 눈물, 눈물. 나는 사람이 되고 싶었을 뿐이다.

말, 벌레와는 달랐다. 나는 바이올린을 켜면서 몸을 흔들었다. 말, 벌레와는 다른 것이 내 몸을 세 번 감싸고 주위를 흘러 다녔다. 귀신처럼. 아아 나는 슬픈 악사. 말, 벌레와는 다른 것은 매우 경쾌했지만 눈물을 멈추게 하지는 못했다. 구두코는 위로 휘어 세 번이나 돌돌 말려 있었다. 깡통에는 땅땅 동전이 쌓여 갔다. 연주가 끝났지만 말, 벌레와는 다른 것들은 사라지지 않고 눈을 감고 발을 구르던 사내들, 여인들, 아이들 주위를 계속 돌아나녔다.

여섯 개의 섬을 오른쪽으로 돌았네,
다 돌았네

그러나 여전히 내 가슴에는 돌려
줘야 할 술라바의 목걸이

은빛 비늘이 반짝거리네, 그리
고 인색해졌지

이렇게 인색해져서는 사람이 될 수 없지만

술라바를 전해줄 데를 찾을 수기 없으니

인색하다고 탓하지 마세요

상기된 얼굴로 입을 벌리고 애인의 침을 받아먹으려던 나, 쿠두의 입이 다물린다. 애인의 입에서도 침이 말라붙어 버렸다. 나, 쿠두는 끊고 잘라서 자유롭게 해주는 이빨. 그러나 무엇으로도 자를 수 없고 자유로울 수도 없는 질기고 질긴 술라바는 애인의 침을 섞어 백발은사(白髮銀絲)로 열 번 꼬아 만든 목걸이. 질투처럼 활활 타올라 가슴을 파고드는 목걸이.

아아, 나 쿠두는 자매들 중에서도
제일 먼저 거품이 되어 날아가고 말겠지!

## 🙢 이련 🙠

꽃이 피는 계절은 너무 덥고, 아이들을 위해서는 잎을
쓴다.

소금을 얻어오지 못한 아이들은 키를 쓰고 운다.

이 아이들을 위해 잎을 쓰고, 꽃이 피는 계절은 너무 덥다.

청(淸)이는 왜 꽃 위에 앉았나.
삼라만상을 내려다보
는 자, 비로자나(毘盧
遮那)의 눈깔 하나
로는 모자라는 걸

까? 막내야 나는 마룻바닥에 굴러떨어진 네 눈깔에서, 비로
자나의 왼쪽 눈깔을 본다. 그 안에 마치 씨앗처럼 움츠리고
있는 청이를 본다. 어둡고 어두운 세계. 처음부터 뜨일 눈
따위, 가지지 못한 자. 연등을 머리에 달고 어두운
바다 밑바닥을 헤매는 자.

하나만 있었고, 하나만 있었기 때문에
둘을 셀 줄 몰랐던 옛날, 깊고 길게 들이쉰
한 모금의 호흡을 내뱉자 비로소 시간이,
흐르기 시작했지. 너무나 오래 담아둔 호흡
이었기 때문에 가장 밑바닥에 쌓인 숨은 달콤
하기 그지없지. 그것이 바로 사랑의 묘약, 그 묘약을 만드
는 데 없어서는 안 될 숨결. 더운 숨결…… 또 한 번은 허
리가 굽을 만큼 거칠게 뱉어낸 기침에 눈깔 하나가 툭 빠져
나온 적도 있었는데, 그것은 세계. 어떤 이교(異敎)의 신이
꾼 한 번의 꿈이 세계의 시작과 종말이었던 것처럼, 굴러떨
어진 눈깔도 하나의 세계. 나를 쳐다보는 눈깔의 존재에 늘
두려워 떠는 자들, 부복하는 자들, 숨어드는 자들,
숨어들어 키스하는 연인들.

불처럼 타오르는 것들은 또 불처럼 뜨겁
기도 하지만, 사실은 그것이 뜨거워서 불인 것
은 아니지. 밝고 밝히는 것이 불, 불이라네. 어
두워 바로 한 치 앞도 보지 못하지만
밝고 밝혀서 행여나 내게로 뛰어드는 부나
방들을 비껴가게 하고 싶었던 것뿐이라네.

나는 불. 연등 들고 어두운 길을 걷는 장님. ……세계는 그렇게 장님들이 든 연등 속에서 태어났네. 여래의 한 손에 들린 연등 속에 하나의 세계가 외롭지. 또 다른 세계가 어디 있을까? 그러나 어리석어 부나방이라고들 하지. 나는 너의 눈을 밝혀주고 싶었는데, 그 연등이 그만 피리처럼 너희들을 끌어들이고 마네. 어리석은 너희들을 망치는 더 어리석은 자여.

자멸하고 말지.

흩어지고 말지.

내가 이련(泥蓮)이라 불리는 까닭은 진흙 속에서 피어나는 연꽃이 아니라, 그 진흙탕에 버려진, 꺼진 연등과 같기 때문이지. 아무도 기억하지 않네. 아이들이 짓밟지. 더 이상 꽃은 곱지 않고, 달려들던 부나방도 구석진 건물 회벽으로 숨어들어 알을 까고, 외롭지. 막내야, 네 눈깔이 그 연등이고, 꺼진 눈깔, 움푹, 파여 검게 뚫린 자리. 그 연등이 나의 세계. 나는 너와 하나의 눈깔을 공유하거나, 그 눈깔이 너와 나를 같은 세계에 머물게 한다. 가느다란 목구멍으로는 아무것도 삼키지 못하는 아귀(餓鬼)가 있지. 게걸스럽게 훔쳐 먹지만 사실은 아무것도 제 배에 채워 넣지는 못하네. 버려지고 저주받지, 불과……, 나를 살릴 주문이 섞인 연기와……, 몰약이 필요해. 필요하지만 아귀와 같은 나는 아무것도 삼킬 수가 없어. 다만 아무렇게나, 진흙탕 속을 굴러다니는 눈깔 하나를 제 이마에 달고, 깊은 바닷속, 한 점 빛도 없는 깊은 곳에서, 외롭습니다, 불 밝힌다네.

눈깔이 빠져나가 빈, 검은 구멍
속에, 파닥이는 물고기.
눈깔이 빨려들어
빈, 검은 구멍 속에,
우짖는 까막까치.
눈깔에선 비린내,
비린내……

나는 그의 발가락에 달라붙어 있었지. 처음엔 발가락인지도 몰랐어. 발가락에 붙어 그의 각질을 떼어 먹으며 살았지. 나는 너무도 작고 쿠두의 날카로운 이빨과 똑같은 한 벌의 틀니를 가졌지만 이 굵고 붉은 실을 끊어내기엔 그것도 너무나 작고, 아, 아앗 간지럽구나, 그의 장딴지까지 겨우 차오른 바닷물만으로도 빛 따위는 파고들어 올 수 없어 너무도 너

무나 너무나도 내겐 깊었다네. 그가 울고 있었네. 세 번을
울었지. 한 번은 떠나서 울었네. 또 한 번은 돌아오지 않으
리란 걸 알고서 울었고. 마지막엔 혼자라는 사실에 울었지.
내가 간질여줄 테니 울지 마세요, 엄지발가락만 열 개인 그
의 발가락 사이에 들어가 꼬리를 살랑거리며 열심히 이빨을
놀렸지. 너무 높아 보이지 않는 곳에서 폭포수처럼 눈물이
떨어져 퉁퉁 바다를 흔들어댔네. 빛도 들어오지 않는 깊은
바다 안쪽까지 무너질 듯 흔들렀고 나는 그의 엄지발가락에
이빨을 박고 아아, 제발 울지 마세요, 낭신에게서 떨어질까
무서워요, 잉잉 울며 매달렸지. 그러나 그는, 바람처럼 떠
나버렸네.

떠난 자리에서 세계가 열렸는데, 열린 틈에서 쏟아져
나온 악취들이 나를 뭍으로 밀어 올렸지. 너무 높은 그의
얼굴을 알지 못했네. 초라한 태양은 그의 배꼽에서 열렸고,
하늘보다 더 높은 곳에서 그의 얼굴이 내려다보네. 그래서
보지 못했지, 알지 못했지, 이해할 수 없었지.

구름보다 낮게 핀 태양
때문에 밝은

대낮에도 비가 뚝뚝 내렸어. 뚝뚝 내렸지. 그래도 목마른 사슴처럼 나도 목이 마르고 몸이 말라. 마른 살갗에 장미 꽃잎을 한 장 한 장 떼어 붙였네. 그래야만 이 지독한 비린내를 조금이라도 줄일 수 있지 않겠니? 울지 마세요, 울지 마세요. 당신을 위해 울어줄 사람이 어디 있나요, 울지 마세요. 공기 속으로 흩어져 가네.

어마님 : (우둔하고! 어리석지!)

이  련 : (달라붙은 입! 꿰매어버린 입!)

어마님 : 놈의 더운 숨 한 자락, 한 자락만 얻어다오!

이  련 : 그는 이미 녹아 없어졌는걸요. 녹아, 없어져버린걸……

신들은 지상으로 내려올 때 옷장에 꼭꼭 숨겨두었던 화신(化身)을 꺼내 입는다네. 하늘거리는 원피스처럼 생긴, 때론 사람가죽, 때론 동물가죽, 때론 이파리 몇 장의 화신들. 그 큰 몸을 화신에 구겨 넣고 우겨 넣고 내려와 냄새를 맡지. 누군가에겐 마늘과 쑥을 주고 또 누군가에겐 월계수 관을 씌우고 또 누군가에겐 똥을 한 바가지. 내 길고 고운 목덜미에 훅훅 더운 입김을, 뒤, 뒤에서 나를 안고, 그 더운 입김의 주인이 당신이라는 걸 나만 몰랐네.

바람처럼 흩어지거나, 바람에 흩어져버린 그는, 어느새 화신을 꺼내 입고 내 뒤에 바짝 붙어 있네. 붙어 있지. 내 눈을 가리고. 어디만큼 왔니? 불지옥을 건넜다. 어디만큼 왔니? 칼산을 넘었다. 어디만큼 왔니? 바람이 분다. 어디, 어디만큼 왔니? 암흑 속에 있으니 어디가 어딘지 알 수가 없다. 그가 손을 떼어내사 비로소 눈이 트였는데 보이는 게 없다. 그의 얼굴을 만지고, 그의 숨결이 귓불과 목덜미를 간질이고, 그의 손이 더듬는 대로 몸이 부풀어 오르지. 입술, 입술이 느껴진다. 젖무덤을 헤친다. 꽃잎을 하나 하나 떼어낸다. 외롭게 하지 않을 건가요? 외로운 건 네 몫이지, 내 탓이 아니다.

좋아한다, 좋아하지 않는다, 좋아한다, 좋아하지 않는다
…… 꽃잎이 다 떨어졌다. 발가벗겨졌다. 부끄러워졌다.
차가운 바람이 된 그가 훅훅 내뱉는 입김도 차갑다. 잔털들
이 오소소 일어선다. 부끄럽고 부끄러워졌다. 그리고 멍청
해졌다. 하나도 아름답지 않다. 유리병에…… 입김 대신
담긴 건 큰언니, 파르반의 똑똑 눈물. 어마님? 왜 내 얼굴
에 붙어 있나요? 너무 좋아 끙끙 앓는 쇳소리와 종다리 맑
은 소리가 한데 섞였데요. 아프데요. 갑갑하데요. 방을 둘
러싸고 둥둥 떠다니는 짐승의 눈깔. 어둠 속에. 가시독말풀
Datura strammonium의 달콤한 향. 열꽃. …… 열꽃.


　지난밤에는 꽃대가 떨어졌네. 잔뜩 오므린 꽃봉오리가
똑 떨어져버렸네. 비가 내렸기 때문이지. 잘디잔 비가 낑낑
우는 강아지 젖은 흙 비벼대는 털 엉겨 붙는 눈가에 눈곱
사물들은 그렇게 가지런히 놓여 있는데 떨어졌네, 꽃봉오
리. 사람이 보기에만 곱지. 한두 송이만 피어야 곱지. 궁궐
에 연지(蓮池)라 불렸네. 비 오는 날엔 아무도 나들
지 않네. 처마에 빗방울이 똑똑 꽃대도 똑똑 이련
이 눈물이 똑똑. 고운 원앙침 둘둘 말고 문지
방에 앉았네. 눈이 트이지 않았지.
그래도 소리만으로도 알 수 있
어, 똑똑 꽃대 떨어지는 소리.
당신, 화신 한 겹 둘러쓰고
자박거리는 소리, 찰박거리는
소리.

꽃대가 떨어진 지난밤에 귀신처럼 당신이 왔다 갔지. 팔목에 열꽃이 필 정도로 온몸이 달달 달여졌네. 약도 소용없지. 뜸도 소용없네. 똑똑 눈물이 떨어져 문지방을 적셨지, 눈물과 함께 눈깔도 톡 빠져버렸네. 눈물의 강을 거슬러 눈깔 물고기가 헤엄쳐 연지에 제 몸을 풀어놓았네. 당신의 차가운 손이 내 이마를 짚었지. 아아, 몸을 부들부들 떨어대며 아아, 당신의 다리를 잡고 놓아주지 않겠다고 아아, 그러나 당신을 바라보지 못해 알아보지 못하는 나는, 외로워서 울었지, 깊고 어두운 동공에서 눈물이 흘러내리고 넘쳐 강이 되고. 강이 되어 바다에 이르고. 바다의 수위가 한층 더 높아져 눈물바다에 꼬르륵 숨을 못 쉬겠네. 그러다 뭔가를 놓치고 말았네. 뭔가가 날아가버렸지. 거품이 되었나. 혼도 없는데, 집도 절도 없이, 몸도 없이. 존재에서 비존재로, 날아가버렸다가, 언뜻 잠에서 깨어나듯 눈을 떴을 때 당신이 오신 꿈이었나, 비만 잘박이며 내리고 있었지.

그러니까 나는, 나를 말할 수 없고. 그러니까 나는, 나의 존재를 믿을 수가 없단다. 내 자리를 알 수 없고. 내 자리라고 생각했던 빈자리에 똬리를 틀고 앉아 있는 저 사내를 믿을 수가 없고. 어느새 나는 거친 황무지로 밀려나버렸

고, 오, 당신은 너무 잔인해요! 귓구멍에 밀어 넣은 밀랍. 하얗게 뒤집힌 눈깔. 똑똑 꺾인 관절. 갈라진 혀. 비린 냄새. 나는 데굴데굴 황무지를 굴러다녔고, 구른 자리에서 쪽쪽 푸른 싹이 돋네요.

열에 들떠 끙끙 앓고 있을 때, 화신을 둘러쓴 당신이 왔다고 했지. 실 꿴 바늘을 당신 바짓단에 꽂았지요. 다음 날 어마님은 연지 가득한 물을 다 빼고는 말했어요. 저 진흙 속에 네 서방이 숨어 있다. 이 실 끝자락에 네 서방놈이 걸려 있지! 입김 한 자락을 얻지 못할 바에야 그놈을 통째 삶아 먹고 말리라! 생쥐가 되었네, 야옹! 잔꾀에 빠질 뻔한 우리 서방님! 너무 작은 화신에 제 몸을 구겨 넣은 거인들, 신들, 왕자님들, 자정이 되기 전까진 몸조심해야 한다네. 어마님, 내 그럴 줄 알았네, 그래서 우리 서방 꼭꼭 숨겨두었지. 어마님 진흙탕을 헤집으시네. 어마님 진흙탕을 뒹구시네. 어마님 둥근 뿌리가 되어 꽃 피우시네. 우리 서방님 있을 리가 있나. 우리 신랑 기둥서방, 허리 뒤춤에 비단 주머니 만들어

몰래 숨겨두었지, 주머니 안에 새앙쥐! 따신 아랫목에 누워
끙끙 앓았시. 아파서 앓은 줄 알았나, 좋아서 앓았지. 우리
서방 생쥐님, 속곳을 뒤적이시네. 아이, 좋아 어쩔 줄 모르
겠네. 열꽃에 꿀 따 드시네. 어마님 이런이 눈먼 줄 아시나,
눈먼 척했지. 어마님 찾으시려는 지렁이 서방은 내 서방이
아니라네. 어느 년의 서방인지 모르겠고. 아이, 거, 거긴
아니 되옵니다, 서방님.

아무리 연지물을 퍼내고 갈아엎어
도 서방님 찾을 수 없어, 씩씩,
돌아서며 욕을 해대는 어마님.
네 이년 어디다 네 서방을 숨
겨두었니? 그래 요년, 네가
아무리 숨겨도 언젠간 그 긴
꼬리 내 발아래 밟힐 날 올 것
이다. 이년! 막내 같으면 어쨌
을까, 메메 눈꺼풀 아래 내리누르
고, 그 유리눈깔이 툭 빠져도 몰라 혀를 놀렸겠지. 나도 그
러고 싶었는데, 아 서방님 허리춤 그만 좀 간질이시라. 어
마님 돌아가신 후 빨고 깨물고 쓰다듬고 묶고 때리고 할퀴
고 박박 긁고 찢고 호호헤헤찍찍 정분났네. 그러나 꽃이 붉
은 것도 열흘이라, 열꽃의 꽃잎, 하나 둘 떨어지고 제 몸
추슬러 자리 털고 일어날 즈음, 서방님은 또 쪼르르 높은
문지방을 넘어 마실 나가시지. 또 다른 화신을 뒤집어쓰실
참이지. 또 어느 년 속곳을 뒤지실런지 알 수 없는 일이지.

생쥐 서방님, 우락부락 사내 가죽 원앙금침 아래 벗어 던지시고, 콧구멍 빠져나와 쪼르르 문지방 아래 닿았는데, 아이고 무슨 벽이 높기는 저리 높은가 저 벽 너머엔 무엇이 있을까 안절부절못하네. 그때 하늘에서, 무산선녀(巫山仙女) 구름 타고 양대상(陽臺上)에 내리는 듯, 하늘거리는 선녀 옷 날리며 한 여자 내려와, 긴 사다리를 놓아주시니 규중칠우(閨中七友) 중에 척부인(尺夫人)이라. 고맙습네다, 선녀님. 엄처(嚴妻)인 줄 모르고선 어데로 달아나시는지. 아직까지도 이련이는 눈먼 줄 아시는 불쌍한 서방님. 서방님 딴 맘 품으실 적마다 띵띵 울리는 붉은 실, 너무 슬퍼 우는 푸른 실. 세요각시 따라 청홍각시 쫓아가지. 한참을 달려가다 눈앞에 본 적 없는 큰 강이 나타나니, 아이고 부끄러워 어느 취선(醉仙) 노닐던 삼협(三峽) 아래 천탄(淺灘)인가. 앵앵(櫻櫻)아, 내가 간다, 냅다 뛰어든 지린 강물에 휩쓸려 내려가니, 아무리 엄처라 한들 서방님 한 목숨 앗아갈 텐가. 또 흰 날개옷 입으신 선녀님이 구해줬네, 다음번엔 안아주고 얼러주고 깨물어줘야지, 오늘은, 아이고 시간이 없다. 앵앵이 속곳이 젖을 대로 젖었으니. 젖은 몸

부르르 털어내고 또 달려가는 서방님. 옳거니 오늘 어디까지 가나 보자. 찬 서리 나리는 줄도 모르시고, 서방님 봄날이로세 꽃밭만 보이시나. 저 멀리 큰 황금 기와 얹은 집 안에 앵앵이 앉았고야. 어이야디어 앵앵이 안아보자. 어야둥둥 한 잔 먹새근여 또 한 잔 먹새근여, 장진주(將進酒)를 불러보세. 이런이 가만 보고 있자니, 크고 된 똥이로구나! 파고드는 서방님. 긴 밤 꼴딱 새고 돌아오실 제 그 냄새를 어이할꼬. 돌아만 돌아와봐라, 교두각시 맛 보여줄 테다!

무슨 거짓을 또 꾸밀 텐가 서방님. 한 번도 진실한 적 없던 쥐새끼 서방님. 믿음도 소용없고 질투는 더더욱 과분하다네. 또 내게 보살이 되라 할 텐가, 제가 괴롭다고 머릿속에 핀 장미 꺾어 보여줄래나. 연꽃이 피었네 활짝 피었네. 네 장미처럼 화려하되 독가시 품은 꽃은 아니지. 나는 곱고 고운 꽃이라네, 고귀한 꽃이지. 너무 더운 날에 피고 아이들을 위해 내 잎을 똑똑 잘라 달여 먹여 소금 한 줌 얻지 않아도 될 꽃이지. 그래도, 그래도 슬픈 건 어쩔 수 없고, 어쩔 수 없이 아름다운 게 슬픈 것이라네. 나는 눈을 감고 흘리지, 검고 검은 눈물.

어마님 서방이라고 하나 있는 것이 이 모양이니 이런이 어데 의지할 곳 찾을 수가 없네요. 내 그럴 줄 알았지, 이년아 믿을 걸 믿어야지. 그러게 내 그놈

꼬랑지를 잘라 푹
고와 먹었어야 했는데,
(사실은 그놈 더운 숨결이 필
요했던 걸 넌 끝내 몰라야 한
단다) 다 이 못난 어미 탓이
리. 차라리 우리 예쁜 딸
의 눈물 똑똑 검은 눈물 내
가 대신 흘렸으면. 그러지 마시오
어마님. 지금이라도 늦지 않았다면 쥐새끼 서방 어마님에
게 보내드리리다. (오오, 그래 그게 내가 바랐던 것이니) 어
리석은 이런이 대체 무슨 말을 지껄이나, 제 서방을 갖다
바친댄다! 어데다? 저 후끈후끈 달아오르는 단로(丹爐)에 찌
익찍 제 서방 구워낼 참인가. 눈깔만 빠진 게 아니라 넋까
지 어데다 흘리고 다니는 칠칠치 못한 년, 슬퍼서 그랬고
질투에 눈멀어서 그랬다고 뒤늦게 후회해본들 무슨 소용 있
으리.

이제 네년이 진짜로 눈이 멀었겠다!


고향 돌아와서 화냥년!
서방 잡아먹은 가루지기!
내도 한잔 따라주오, 슬퍼서 견딜 수가 없다오. 제 서
방이 뉘신가 기어이 확인하겠다던 년들은 끝내 서방을 잃고
말았다지. 똑똑 떨어진 촛농에 놀라 하늘로 날아가버린 서
방도 있다지. 서방님들은 왜 그리 몰래몰래 들어오시나. 내
가 먹지 말라고 했지! 어떤 과실은 그래서 더 아낙들을 유

혹하지. 내가 보지 말라고 했지! 어떤 손거울에 비친 늘씬한 사내는 뉘 댁 서방인가! 보고 싶고, 만지고 싶고, 빨고 홅고 싶은 어여쁜 서방님들, 그 서방님들 중에서도 찍찍 우리 쥐새끼 서방님은 어디 내놔도 빠지지 않지! 서방님 꾀야 누가 당할까. 힘은 어떻고? 백미 잘 씻어 고봉으로 담아낸 밥 먹고 힘낸 서방님, 어디서 들어왔나 들쥐 따위 냅다 들배지기로 던져버렸지. 그런 서방님을! 내가 팔아먹었지! 서방 찾아가는 길 어마님께 알려주었지, 내가 알려주었네!

　돌담을 꺾어 돌기를 세 번 아홉 집을 지나 야트막한 둔덕을 넘고 눈앞에 펼쳐진 짜디짠 염전을 건너 통통배를 타고 한 시진을 가면 인적 없는 숲이 나와요. 숲으로 들어가 처음 찾은 느릅나무에서 한 땀 식히고 소금에 절인 주먹밥으로 요기를 하세요. 먼 바다에서 불어오는 바람에 땀을 식히고 앉아 있으면 노루가 한 마리 다가오겠죠. 노루는 어마님 말씀을 못 알아들을 터이니, 그저 노루가 가는 길만 따라가세요. 노루가 너무 빨라 그만 놓칠 때쯤엔 산토끼가 한 마리. 산토끼를 놓치면 느릿느릿 두꺼비가 또 한 마리, 어마님을 데려갈 거예요. 해가 뚝 떨어져 어두워질 때 어마님

두려워 마세요. 밤눈 밝은 소쩍새 솥 적다고 우는 소쩍새
사람을 두려워 않고 어마님을 또 데려갈 테죠. 너무 힘들면
불 피우고 한잠 주무셔도 돼요. 아침이 되면, 아, 검은 조
끼에 금줄 시계를 들여다보며 탁탁 발을 구르는 늑대가 보
일 거예요. 어이, 할망구 늦어 늦다구 어서 일어나 갈 길이
바빠. 그러면 어마님, 얼른 짐 보따리 싸서 늑대 뒤를 따라
가보아요. 급한 늑대 웅달샘을 건널 때는 그 샘에 얼굴을
비추면 아니 된답니다. 자칫 비친
얼굴이 내 잘난 서방인 줄 알고 냉큼
뛰어들면 샘이라고 무시하지 마
시라, 소금처럼 녹아내리고 말게요.
그렇지 않더라도 어마님 제 고운 얼
굴에 반해 수선화라도 되
시면 어쩌나. 할망구 늦어 늦
다구, 얼른 샘을 건너세요. 그리
고 짐승들이 만들어놓은 오솔길로

산을 내려가면, 할망구 늦어 늦다구, 난 이만 가봐야겠어. 탁탁, 시계를 보며 어디론가 급히 달려가거든 행여 따라가지는 마세요. 조금만 더 가면 내 서방을 찾아낼 수 있어요. 이제 어마님 눈앞에는 진창, 마차에 실린 귀부인들, 나귀 등에 짐짝, 항아리 인 아낙네들, 뛰노는 아이들이 한데 엉긴 어느 도시 변두리 마을의 번잡한 길이 나옵니다. 먼 길에 지치셨나요, 어마님? 원하는 거 얻기가 어디 쉬울라구요. 장터 좌판 국밥 늦은 아침으로 후루룩 잡숫고 시장 뒷길로 가면, 아하! 이제야 제대로 된 안내자를 만나게 될 기예요. 큰 강아지만 한 시궁쥐가, 아하, 네년이구나? 네년이 배가 고픈 게지? 언짢아 하지 마세요. 얼른, 방금 아침 먹었소. 그러면 시궁쥐가 또 그러겠죠. 아하, 네년이구나? 네년은 치즈를 좋아하지 않나 보지? 그러면 어마님, 시골 쥐처럼 나는 옥수수에 기장 찰보리면 족하지요,라고 대답하세요. 그제야 시궁쥐가 말할 거예요. 아하, 네년이구나? 아흐레 전 이 동네에 흘러 들어온 놈팡이를 찾는 게지? 그래, 그놈이 어디 있소? 귀가 솔깃해 이리 물으면 아니 되나, 어마님 혹시 이미 내뱉으셨다면, 아하, 그랬던 게야? 그놈이 섰다 판에 갔을까, 앵앵이네 뒷방에 들어갔을까? 이놈의 시궁쥐

새끼 빙빙 말 돌리네, 부글부글
속 끓이시는 우리 어마님! 내
그러기에 그리 물으면 안 된다
하지 않았소. 그러면 어마님,
속곳에 감추어두신 비늘 한
조각을 꺼내 주시고, 얼른 그놈
찾으러 가세, 내 담판 지을
일 있어 천 리 길을 마다
않고 달려왔으니. 찾거
든 세 조각을 더 준다고도 얘
기하세요. 물론 이련이 서방 찾
은 뒤에는 냅다 시궁쥐 걷어차도 내는 몰라요. 아하, 네년
은 이런 걸 잘도 먹었단 말이냐? 시궁쥐 비늘에 대해서는
일언반구도 내비치지 않고, 괜히 어마님 주머니를 뒤져 꺼
낸 말라비틀어진 옥수수알과 기장에 찰보리를 꾹꾹 씹으면
서, 씹다가 퉤 내뱉으면서 말하겠지요. 그래도 어마님, 시
궁쥐 말 따위엔 신경 쓰지 마세요. 어마님은 이 여행이 싫
지만은 않으시겠죠? 아니, 싫을 리가 있나! 어마님은 점점
젊어지고 있잖아요! 우리 생쥐 서방님에게 가까이 다가갈
수록 어마님 귀밑머리가 검어지고 있다구요! 아아, 좋으시
겠어! 서방님이 떠난 이곳은 너무도 춥고, 근심에 자글자글
주름도 생겼어요. 불쌍한 이련이의 동공은 완전히 풀려버
렸네요! 이게 다 서방님을 버린 죄지! 어쨌거나 시궁쥐가
이리저리 골목을 꺾어, 마침내 서방님 숨은 곳까지 어마님
을 인도하겠죠! 어마님 이제 어쩌실 건데요? 설마 진짜로

서방님을 굽고 삶아 드실 요량은 아니실 테죠? 아하, 네년
이구나? 네년이 나를 찾았던 그 물귀신인 게로구나? 시궁
쥐처럼 똑같은 말투로 서방님이 말씀하시네. 어마님은 이
때 손 빠르게 병마개를 여실 참이죠, 그 누런 입김을 받으
려고 말이죠. 아하, 그랬던 게로구나? 내 숨결이 얻고 싶었
던 게냐? 훅훅 더럽고 냄새나는 입김이 이제 막 송송 솟은
솜털, 예쁜 계집아이인 우리 어마님 목덜미에 소름을 돋게
하겠죠. 아아, 어마님 실수하셨어요. 실수하셨어. 무쇠까지
녹여버리는 그 입심이 뭐가 좋아 얻으려 하셨나니. 불쌍도
하셔라 우리 어마님! 사랑을 모르셨네 우리 어마님!

　　나는 백수, 내 손은
하얗지
　　새끼 양들 잡아
먹으려 밀가루
칠을 했거든
　　그래서
백수가 되었네

　　서방님 없는 틈 타 온갖 요망한 것들이 문을 두드리네.
네 손은 검고 네 손에는 털이 너무 많다. 네 손에선 냄
새가 심하고, 네 부드러운 손발가락 아래엔 날카로운 발톱
을 숨기고 있구나. 문을 열까? 문을 꼭꼭 닫아둘까? 나를
안아줄 건가요? 안아주기만 한다면 내 향기로운 살 나눠 주
는 거야 어렵지 않아요. 그러나 조심하세요! 괘종시계 안

에, 탁자 밑에, 책장 속에 내 살들을 꼭꼭 숨겨두었답니다. 이 살들을 먹고 싶다면 당신이 가진 그에 합당한 무언가를 내놔야 하지요. 파르반을 내어놓을 건가요? 마누나 쿠두를 내어놓을 건가요, 아니면 는어를 내어놓을 텐가요? 당신들의 뱃속에 꼭꼭 감춰둔 자매들을 내어놓지 않는다면 숨겨둔 제 살도 가져갈 수 없을 거예요. 보세요! 당신들이 헛구역질을 하는 건 자매들이 모두 당신들을 아비로 삼았기 때문이지요! 그게 아니라면 당신들은 서방님의 화신들. 쥐새끼 서방님, 저를 잡으려 달려온 어마님의 손길에서 아슬아슬 도망쳤지요. 도망치면서 벗어놓은 쥐새끼 껍데기 대신, 서방님의 뒤집어쓴 늑대 가죽! 무엇을 속여드리려고! 음매, 음매 거짓말쟁이 양들 속에 숨어들어 가신 늑대 서방님! 그러나 누군가는 양일 뿐인 늑대라 하셨지요! 회문(回文)이지요! 거짓말쟁이 양이 둘러쓴 늑대 껍질인지, 늑대가 둘러 쓴 어린 양의 껍질인지는 중요하지 않아요. 돌을 넣으면 우물물에 퐁당! 늑대 무리 속에 들어선 한 마리 못된 어린 양이 둘러쓴 화신은 무엇을 속이고 있는 건가요? 늑대다! 늑대다! 그건 정말 늑대였을까요? 내가 다 잡아먹을 테야! 한 마리도 남김

없이! 검고, 털 많고, 심한 냄새, 날카로운 말들, 너희들을
모두 잡아먹고 말 테야! 어머님의 화덕에서 내 살덩이들,
잘 구운 냄새에 홀려 문을 톡톡 두들기던 너희 늑대들을 모
두 잡아먹고 말 테다.

어머님 몰래 숨겨둔 서방님
의 입김 한 자락. 누구에게도 주
지 않겠다. 누구도 가질 수 없을
것이다. 서방님이 다시 돌아와 그
입김 한 자락 되돌려 달라 해도
줄 수 없지. 이것은 내 것, 온전
히 내 것이니까. 어머님도 가질
수 없지. 내 가슴을 헤쳐도 찾을
수 없지. 내 눈깔 도르륵 굴러가고 남은 검은 구멍 속에서
도 찾을 수 없지. 그것은 온전히 내 것이니까!

그런데 어느 날, 그런데 어
느 날. 서방님이 돌아왔네.
상거지 꼴을 하고 돌아왔네.
꽃봉오리 틔운 날이었지. 그
래도 서방이라고 더운 밥 차
려드렸는데, 서방님 자시지도
않고 한숨만 쉬네. 무슨 일이 있
었나요? 어마님은 만나셨나요?
뭘 달라 하시던가요? 왜 먼 데만
바라보고 계시는가요? 입 좀 열어

보아요. 말 좀 해보아요. 그래도 말이 없고 입도 열지 않고 한숨도 더 이상 쉬지 않고 혼자 있고만 싶어 하시지. 그런데, 다음 날 안방 문을 열고 소스라치게 놀라 자빠지고 말았지. 서방님 화신이라고, 껍질만 남겨두고 달아나셨네! 어디로 가셨나. 두 눈구멍 새카맣게 뚫려 있는 껍질만 바닥에 널브러져 있네. 이리저리 남은 껍질 까뒤집어봐도 아무것도 찾을 수 없네. 쥐벼룩도 달아나버렸지. 문을 뒤집으면 곰이 된다는데 서방님은 어디로 사라져버렸나. 거기엔 없지, 없지만 있지, 있지도 않지. 없다고 했니? 빈주먹만 움켜쥐었지. 회문을 밀고 들어와 도로 나가버렸네.

눈물 똑똑. 꽃잎 똑똑. 더운 날도 지나가고 있지, 있지만 없지. 그리고 찬 바람이 불었지. 분다 싶었는데 어느새 살얼음이 얼었네. 살얼음 위로 까슬까슬 싸락눈이 흩어지네. 눈발이 거세지지. 겨울이 왔다는군. 차고 맑은 아침이 왔지. 나는 찬바람이 싫어 문을 꼭 닫고 아랫목에 배를 깔고 엎드렸지. 잉잉 찬바람이 멎었다 싶을 때 무언가가 자박자박. 서방님일까 어마님일까.

두려움 반 기대 반
문을

열었지만 아무것도 없지. 연지 위에 발자국 몇 개. 까치 발
자국도 아니고 참새 발자국도 아니지. 토끼도 아니고 노루
도 아니야. 늑대도……, 늑대로구나! 저 발자국. 혹시 서
방님의 다른 화신일까?

맨발로 뛰어나갔네 아무도 없었지 싸
락눈이 발자국도 쓸어갔네
　문밖에 키를 쓴 어린아이
울고 있네 네게 줄 소금 한 줌
이 없구나
　내 잎을 따가렴 서방님은 높은
담 너머에서 울고 있네 그곳은 겨울
　영원히 겨울 이곳에도 겨울이 찾아오지 내 잎을 달여
먹으면
　다시는 울지 않아도 된단다 키를 쓰고 이 집 저 집 돌
아다니지 않아도 된단다

몸이 마르고 부석거린다. 너무 오래 물에 있었던 게지.
눈깔을 도로 찾아 끼워 맞췄지만 앞을 제대로 볼 수가 없
다. 어둑어둑한데도 눈이 자꾸 부시다. 눈물도 짜지
않네. 자매들에게 돌아갈까? 막
내야 내가 돌아가면 반겨줄
테냐? 어린 어마
님은 어찌 되
었을까?

왜 보이지 않는 걸까. 서방님을 못 찾은 건가? 어쩌면 돌아와 한숨만 내쉬던 서방님과 어리고 고와진 어마님은 눈이 맞아 야반도주를 한 걸지도 모르지. 저 먼 곳에서 알콩달콩 검은 콩 씹으면서 영원히 늙어가면서 서로의 주름살을 만져주고 있는지도 모르지.

아하, 그랬던 게야?

아이를 낳았네 어혈(瘀血)을 풀어주지. 이젠 내 서방도 아니네, 어마님 서방이 또 도망치려나요? 그러면 나를 다려 드시고 주름살 펴세요. 고운 얼굴이 혹 서방을 붙들지 누가 아나요? 어마님 낳으신 아이가 달거리를 시작하거든 또 저를 달여 먹이시고, 어마님 지라에 콩팥을 보하는 데도 제가 도움이 될 거예요. 어마님, 저를 찾지는 마세요. 저는 이 잘 널어 말린, 제 옆구리에서 자란 이파리들 사기그릇에 담아둡니다. 서방님 달아나실 때 벗어둔 껍질만 바랑에 잘 챙기고, 저를 싸고 있던 어리석은 이런이 껍질 벗어두고, 알맹이만 빠져나와 바다로 돌아갈 겁니다. 어둡고 깊은 바닷속에서 서방님, 아니 한때 서방님이었던 껍질을

집 삼아 살겠습니다. 그러겠으니 제가 잘 말려둔 이파리는 달여 드시고, 밤을 새우고 밤을 하나 둘 세면서 톡톡 손톱 발톱 깎는 일 따위는 하지 마세요. 자칫 서방님보다 더 서방님 같은 쥐새끼가 어마님을 겁탈하려 들지도 모르는 일.

어린 어마님, 여리고 여린 어마님. 매일매일 달여 드시고 매일매일 달여 올려보세요. 그러다 보면 서방님 누런 입김도 이내 향내가 될 것이고, 너무 사랑해서 서로의 향에 취해 서로를 죽이려 했다는 어떤 연인들의 소문이 사실은 거짓말이었다는 걸 알게 될 겁니다.

사랑은 심장에서 나오는 게 아니라 배에서 나오는 것이니.

깊은 바다라 했지요. 그 바다의 제일 밑 바닥까지 내려가본 적은 없지만, 어떤 거인이 너무 울어, 울다가 그만 빠뜨린 눈깔들이 알을 까대 바닥에 셀 수 없이 깔려 있다는, 그 바닥까지 한번 내려가보려는 욕심도 있습니다. 눈깔들을 서방님 가죽 부대에 하나하나 주워 담을랍니다. 짊어진 가죽 부대 밑이 터졌는데 그건 서방님 아가리가 붙어 있던 자리. 눈깔들이 하나 둘 그 아가리로 빠져나가도 모른 척할랍니다. 그리고 저는 그 바다 밑의 바닥 사막만큼이나 넓고 막막한 곳에 발자국을 찍으면서 당신들로

부터 멀어져갈 겁니다.

아가리에서 빠져나간 눈깔들이 하나 둘 까마귀가 되어 날아가겠죠.

## 늪 느어 늪

끄트머리에서부터 나왔고, 다른 한쪽에 너의 머리가 보인다.

마지막 알을 먼저 태어난 언니들이 지켜보고 있었다.

"머리가 짱구네!" 하나가 말하면,

"꼬리 좀 봐, 너무 귀여워!" 또 하나가 말하고,

"나는 방울방울 유리눈깔을 선물로 준비했지!" 살 깊숙한 곳에서 꺼낸 주머니,

"그럼 난 이 아이를 위해 이야기를 지을래!" 처음도 끝도 없이,

"눈깔을 곧 흘릴 것 같네, 이년!"

그러는 사이 앞으로 빠져나온 너는 앞으로 기어가고,
뒤로 빠져나온 나는 뒤로 기어갔다.

나는 꼬리가 먼저 빠져나와 머리가 작고, 너는 꼬리가
늦게 나와 머리가 컸다.

너보다 먼저 나온 나는 다섯째가 되었고, 나보다 늦게
나온 너는 막내가 되었다.

조금 더 늦게 나온 너를 언니
들이 보고 있는 동안

나는 슬그머니 방을 빠져나와
낮은 바닷속을 한참 동안 떠다녔다.

언니들은 나를 찾지 않았다.

나는 그냥 떠다녔다.

여기저기 거기 어디 할 것

없이 물이 날라주는 곳으로 어디로.

반투명했던 몸이 점점 우윳빛 색
을 띠게 되었고 아무도 나를 모를 것 같
더니 이제 제법 실하게 익은 젖무덤을
갖게 될 무렵에야 알은체들 한다.

어디 갔다 왔니 오기는 왔니 네게 줄
눈깔도 이야기도 모두 막내가 가져갔단다.

나는 입을 다물고 턱을 추켜올리고 위
를 바라보고 아무것도 모른다는 듯 위로,
위로 헤엄쳐 올라갔다.

쟤도 간다, 쟤도 간다.

언니들 목소리가 점점 잦아들었다.

위험한데, 위험한데.

어떤 사람들은 뛰는 가슴을 누르며
캄캄한 해변으로 내려오네.
두려워하면서 내려오면 너희들이 두려워
하는 이유가 바로 이 때문이라는 듯,
그들을 다시는 집으로 돌려보내지 않지.
귀를 막아도 소용없어.
배는 부서지고 파도는 노하네.
노래는 날카로워 바늘처럼 쿡쿡 가슴을
찌르지.
연인들을 버리고 내게로, 시체처럼 걸어오는 너희들
은 여기가 무덤이란 사실을 알지 못하네.
소문은 소문을 만들고 어떤 소문은 소문을 뒤집어버리지.
검은 소설을 열었지,
그 안에서 소문이 소곤소곤.
물비린내가,

처녀, 그 발자국에, 걷다, 가다, 방황하다, 헤메다, 풀렁대
는 해초 냄새가 짙게 밴 몸, 말을.

아마도 전날 밤이었겠지.

하늘 저편에 새카만 벌레들이 폭풍처럼 몰려왔다는데,

왕자님이 탄 배가 그 벌레들 한가운데로 들어갔나 봐,

누군가 소곤댈 때마다 배 밑창에 구멍이 뻥뻥 뚫렸
다지,

벌레들이 서로의 목을 조르고,

기우뚱 그 배가 가라앉았네.

검은 소설을 열었지,

새파랗게 질린 왕자님
을 끌어안고 해변에 눕혀
놨지.

난 네가 하는 짓을 다
훔쳐봤단다.

추위에 굳게 닫힌 입술,

파르르 떨리는 눈꺼풀.

네가 꿀꺽 침 삼키는 소리까지 들었어.

어둠과 함께 벌레들도 물러갔지.

그때까지도 너는 왕자님 곁을 지키고 앉아 있더
구나.

노래를 불러볼까?

검은 소설을 열었지,

동네 처자 셋이 해변으로 오는 소리에 놀란 너는,

네 쇼리가 무서웠넌 게지?

얼른 바위 뒤로
숨겠지.

노래를 불러볼까?

처자들 중 하나가
쓰러진 왕자님에게 달려가더구
나, 달려가 안고 더운 젖을 물리자
비로소 눈을 뜨는 왕자님.

저 처자 셋이 누군지 나는 단박에 알겠던데, 넌 모
르는구나?

벌써 사랑에 빠진 얼
굴을 하네.

마분지로 오려 만든
하얀 가면을 쓴 처자
들이 누군지 너는 정
말 모르는 것 같네.

열자마자 사라지고
사라짐으로써만 비로소 나타나는 검은 소설.

너는 바다로 돌아가겠지, 돌아가서
목소리 줄게 다리 달라, 아, 그래 그
년에게 부탁하려 들겠지.

너무 뻔한 이야기 사랑이란.

그래서 난 너를 따라가는 대신 이 마을
에 남아 그 처자들을 훔쳐보는 쪽을 택하기로
했단다.

완전히 검지도 않은 검은 소설 천천히 사라지

는 순간에야 내가 소설이라는 작은 소리를 들을 수 있는 검은 소설 모든 글자들이 서로 뒤섞여 아무런 결말도 보여주지 않는 캄캄하고 어두운 밤의 소설.

소설을 열면, 아무것도 보이지 않는 캄캄한 밤.

며칠이 지났을까.

왕자님이 무사히 왕국으로 돌아가신 뒤로 마을은 온통 캄캄한 밤만 계속되었다네.

바닷속으로 떨어져 내린 해님을 물귀신 둘이 붙들고 놔주지 않았기 때문이지.

그동안 마분지로 오려 만든 가면을 곱게 접어 장 안에 넣어둔 그년은

새카만 밤 속에서도 제가 무엇을 해야 할지 잘 알고 있는 것 같았지.

숨을 들이마시면 밤도 같이 그년 뱃속으로 기어 들어간다.

속이 시커먼 년.

숨을 내뱉으면 밤은 더 검어진다. 그윽그윽, 꺼멍이 잔뜩 들러붙었다.

그년의 깊은 주름이 오히려 나이를 감춘다.

얼마나 많은 목숨을 잡아드셨는지, 그 목숨들을 살아오셨는지 모르겠다.

그 마을만 밤이었는지 어쨌는지는 알 길이 없다만,

또 섬고 축축한 것들은 밤을 좋아하는 법이지.

그래, 그래서인지 어쨌는지
는 알 길이 없다만,

아무 데서도 불지 않은 바람
이 검은 화톳불을 살려냈단다.

그 검은 불심 속에서 기어 나온
풍문들이 역병처럼 마을에 퍼져 나갔지.

사람들은 숨을 죽여가며 울었네.

말이 사람을 죽인다는 걸 들어본 적이 없는 이 순박한
마을 사람들도 이제는 알겠지,

세상에 말만큼 무서운 건 없단다,

서로의 입을 틀어막다 죽어 나간 사람이 몇이던가.

이 밤이 언제 끝날까, 쥐새끼들의 밤은 언제나 끝날까.

밤, 터진 자리 곳곳에서 우글우글 어두운 것들이 기어
나온다.

아무리 피리를 불어도 제 귀를 틀어막은 쥐새끼에겐 아무 소용없다.

그년의 방에서 비쳐 나는 옅은 촛불은 옅어서 더 검고 축축하지.

그래도 규방은 규방인지 창살에 꽃문양 처마엔 뎅뎅 얕은 바람 풍경 소리 으스름 달빛 뜰아래 맨발로 나왔네.

아무것도 걸친 것이 없으나 어인 일인지 검고 검어서 어디가 살이고 어디가 젖인지 밤하고 한 덩어리.

그런데 자매들아, 아름다운 것이 대체 무엇이더냐.

이년의 몸이 몹시 아름답게 보이는 건 대체 어인 일이더냐.

밤이어서 그랬겠지,

그 검디검은 살은 햇볕을 쬐지 못해 파리하게 시들어가는 우리 자매들의 희멀건 살하고는 너무나 달라.

대체 저년은 무엇을 먹고 자란 것일까.

밤, 시기와 질투는 대체 누구의 것인가?

자매들은 모두 물 위로 머리만 내밀고 울고 있지.

비가 온다 떠내려간다 말을 듣지 말을 듣지.

왕자님 황금 마차 나팔 소리 행차로다.

아직 한 덩어리 어둠의 뙈리 튼 마을로 다가올수록 불에 데인 것처럼 움찔 뜯겨 나가듯 어둠이 물러가자,

그년 어느새 희디흰 건 손이며 이빨이고, 붉디붉은 건
입술이라.

모여든 한림학사들 튟 긔 엇더흐니잇고,

젊은것은 침 흘리고 늙은것은
가래 끓고,

몹쓸 시복이놈 어데 숨
어 아랫도리 까
내리고 무
슨 짓을
하고
있느냐.

그년, 왕자님이 오신다는 소식 듣자, 벌써 제 서방이라
도 된 것처럼 맨발로 뛰어나간다.

이, 약간은 맹한 왕자는 이, 이년이 바로 그년이었고
그년이 이년인 게지?

그래 이리 오너라 네 가느다란 허리가 시종 눈앞에 어
른거려 잠을 이루지 못했느니.

자매들이 개굴개굴 그년이 아닌데 개굴개굴 그년이 아
닌데.

마을은 화들짝 놀라 일어선 황구처럼 막 마을을,

저를 떠나는 황금 마차를 쳐다보다 컹 한번 짖고 또 입
을 꾹 다문다.

사실 해는 뜬 적도 없거니와 동이 튼 것만 같아 기지개
를 켜려던 마을은 갑작스럽게 전보다 더 짙어진 어둠 속에
서 다시 잠에 빠져들고 말았단다.

어둠이 밤이 또 잠이 꿈도 꾸지 않고 언제까지고 깨지 않으려고 그러다 썩고 흩어져 날려 마을은 백 년이고 천 년이고 하루도 지나지 않아 흔적만 남기고 날려가버렸단다.

머리만 큰 우리 불쌍한 막내는, 언니 언니들, 나도 따라갈라요, 저년이 내 서방을 앗아갔소, 그 공은 모두 내 것이오, 알지 않소? 그렇지 않소?

아무도 대답할 수 없었지, 아무도 대답해주지 않았네.

막내는 어디로 갔지 그대로 갔지 아무도 모르게 갔지 누구도 알고 싶어 하지 않았지.

날이 습해지고 더워졌지만 밤은 더 짙어만 갔고 무성한 살 안쪽이 간지럽고 마을은 벅벅 손톱을 세워 긁기 시작했고 곳곳에 상처투성이 거기가 아닌데 거기가 아닌데 위험한 길을 떠난 막내와 더 위험한 길을 떠난 나는, 어느새 거기 그년이 왕자님과

살을 섞고 있는 시간의 궁성이라고도 불리는 곳까지 와 있었지.

고관대작들의 뒤뜰에 심어 두었던 송죽(松竹)이 시들고 우물이 말라붙기 시작한 것도 그 때부터, 아니 그전부터 누군가의 입속에서 회자되던 유리구두가 춤추기 시작한 때부터, 아니 누군가 눈물을 흘리기 시작한 때부터, 아니 내가 엿보기 시작한 때부터.

나는 너무 큰 몸을 수그려 궁성을 내려다보네, 저년이 갈보 짓하는구나.

저년의 정체를 모르겠다, 훅훅 더운 입김 왕자님 입김을 빨아 마시는 저년은 왜 이리 뜨거울까.

궁성 주위를 배회하며 생각에 잠겼다가 다시 궁성을 내려다보기를 반복했다.

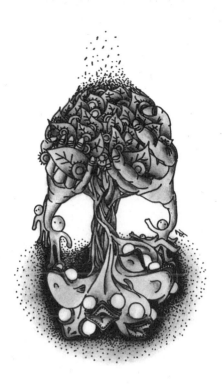

내륙 깊숙한 곳에도 모래로만 만들어진 바다가 있었고
한가운데 커다란 섬 주변에는 절대 시들지 않을 것만
같은 빨간 꽃들이 만발해 있었다.

사막물고기라는 족속들 중에도 꼬리에 맑은 독을 품고
있는 여섯 자매가 살고 있었다고 한다.

모질게 부는 바람을 따라 흘러 다니는 언덕이나 강이
있었다.

그러나 꼭 바람이 불지 않아도 언덕과 강은 흐르기를
멈추지 않았다.

매일 새롭게 생기고 없어지기를 반복하는 언덕과 강에
도 이름이 있었다고 한다. 우리 자매들처럼.

　그곳에 뼈를 묻은 여행자들의 손에는 모두 상처가 있었
는데

　사막에 피는 꽃을 꺾으려다 가시에 찔려 중독된 뒤 죽
어버렸다고 한다.

　그 꽃이 사막물고기 자매의 꼬리였다는 사실은 끝내 밝
혀지지 않았지만,

너무 커다랗고 그래서 아무에게도 보이지 않는 대기(大氣)와도 같은 내게는 그 이야기가 너무나 선명하게 보였다.

그년이, 시간의 궁성에 들고부터 사막물고기 자매들의 꽃잎이 더 붉어졌고 가시는 더 날카로워지고 마침내 사막에도 밤이 찾아왔다.

그년이 빛을 모두 잡아먹었기 때문이다.

그곳에도 전해지는 이야기들이 있었고

그곳에도 여섯 자매가 있었고

그곳에도 아름다워서 슬픈 이야기가 있었지만

그년이 오고 나서부터는 모든

것들이 흩어지기만 했다.

그것이 그년 탓인지 그년을 몰래 따라온 내 탓인지는 알 수 없으나,

검고 독한 가루가 먼 바다에서 멀고 먼 사막까지 불어왔고,

나는 시들기 시작한 가여운 사막물고기,

여섯 자매를 두 손으로, 언덕과 강이라 부를 수 없는 언덕과 강과 함께 두 손으로 받쳐 올렸다.

검고 독한 가루가 하늘 위로 솟아오를 때마다 나는

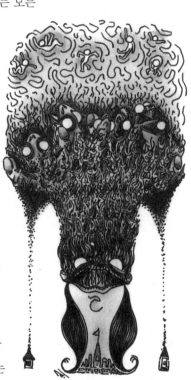

더 높이 두 손을 들어 올렸다.

하얀 구름을 옷 삼고 발도 없이 천 리를 달려와 궁성을 내려다보는 나는 그년의 독한 입김에 마구간의 말도 대장간의 불도 잠들기 시작한 가여운 왕국의 백성들 위를 둥둥 떠다녔다.

그러는 동안에도 그년은 왕자에게 달라붙어 떨어질 줄을 모른다.

내게 주세요.

무엇이든.

두 눈을 주세요.

원한다면.

뼈에 가죽을 발라놓은 것만 같은 가여운 왕자의 몸

에서 둥근 눈깔 두 개가

빠져 바닥으로 굴러간다.

그년은 이제 배부르다며 떨어지는 거머리처럼, 검고 뚱뚱한 몸으로 침대 밑으로 굴러가는 눈깔을 잡아채고 말한다.

이게 아니네, 이게 아니야.

활짝 피었다, 사막물고기 여섯 자매가 모두 입을 벌려 검붉은 꽃을 피웠다.

그것이 전조(前兆)가 되었다, 어떤 거인의 이름이다.

그년, 눈깔을 던져버리고 어디론가 굴러갔다.

어디로 사라졌는지 나도 알지 못하고 보지 못했다.

내 어깨 너머 그 뒤로 을씨년스런 구름이 오싹,

위험한데 위험한데.

개굴거리던 언니들 개 꽃 모래 바람 눈깔 갈퀴 불 잠들었다.


그리고 얼마나 지났는지
얼마나 오래.

나는 꼼짝도 않고
성을 내려다본다.

삭았다.

썩었다.

무너진다.

허리만큼 굵은
가시넝쿨들도 쿵쿵 쓰러진다.

마른다.

모두 잠만 들었는 줄 알았는데 모두 삭았고 썩었고 무너지고 쓰러졌다.

이놈은 그놈이 아니네, 그 왕자가 아니네.

그년이 빨아 먹은 눈깔은 음탕한 눈깔.

이 눈깔이 아니네.

나도 서둘러 그년을 쫓아야 할지, 그러나 어디로 갔는지.

재빨리 다음 페이지를 넘기면, 꽃 모래 다음엔 바람물고기 자매도 여섯.

팔랑팔랑 종잇장처럼 바람에
날려 날아왔다가 그 나라 하늘
에 돌돌 회오리바람.

저기 있다 저년 거기 갔
구나 그년 이리 보니 이년
맞지, 검고 검은 년.

막내야 막내야,
네가 잊고 잃어버린
왕자가 이놈이냐 서놈이냐?

글쎄, 언니.

언니라면 어느 것을 갖겠소?

난 모르겠다 모르겠다.

바람 따라 바람물고기들이 날
라다주는 말소리.

그러나 그 바람도 이내 그년의
입김에 후욱, 검고 검게 변해버렸지.

바람물고기 자매들 이빨도 검어
흑치(黑齒) 머리만 하얘 백발(白髮) 낮게
따르륵 굴러다니는 천둥머리 매서운 북
쪽의 딸들.

그곳에 구름왕자가 앉아 있었지.

이번엔 나도 내려다볼 만큼 자라지는 못해 올려다보니
하늘거리는 선녀 옷을 입은 그년 구름왕자 품에 안겨 얼굴
붉히는 그년 주위로 앵앵 바람물고기 자매들 헤엄치고 그보
다 멀고 더 높은 강물에 별님 달님 퐁당 반짝.

어디까지 올라왔니 여기까지 올라
왔네.

위험한데 위험한데

사막물고기 자매들도 말라 죽었다
그년의 머리카락을 날려라 어깻죽지
에서 튀어나온 커다란 손 제일 먼저
천둥머리 늙은 바람 목을 쥐고 흔들.

그년의 독수에 당했다 화들짝 놀
라 흩어지는 너희 자매들 내 위험하다
했잖니.

그년 긴 손톱에 찢어진 바람 복숭북숭
철침 같은 그년 장딴지 털에 찔려 퉁퉁 부은 바람

아, 하, 호, 후, 흡

커다란 입안에 삼켜진 바람 그년 누린내 나는 입김 혹
혹 구름왕자 귓가를 간질이시라.

毒내 난다 구름왕자 귓바퀴로 누런 고름 흘러나오네,

아, 아야 아프구 쓰라리다

그때마다 검은 구름 먹구름 두들겨 맞은 멍구름 딸들이
혹혹 불어대고 깔깔거리고 굴러다니니,

아이고 서방님 좋아 죽겠는갑지,

내 간지럼 입김에 봄눈 녹듯 녹아내릴 것 같은 갑지

당신 언년에게 다 갖다주고 이젠 뛰지 않는 심장 다시
뛰게 해줄테니.

아, 당신 눈깔이 흘러다니는구나 심장 안에, 어깻죽지
로 겨드랑이로 그래서 까악 깍 날개 돋지려나?

힘하고 힘한 마음 그 마음 내 입김으로 녹여줄 테니.

아, 아니 당신 몸이 녹아버렸네 벌써 날려버렸네.

어째 이를 어쩌나.

이것들아 조용히 못 하겠니! 내 서방이 날려간다!

그년 엄포에 바람물고기 자매들 비들바들.

그러나 벌써 그년 손바닥에 한 줌 물기만 남기고 구름
왕자 사라졌지.

네년 입김에 녹아버렸다 봄毒에 녹아 내렸다.

그래서 봄이 왔는 줄 알았지.

품 안을 뒤져봤지만 그 봄이 없네, 봄은 어디 갔니?

바람물고기 자매 중에서 어느 년이 아느냐,

백석이 바람머리 부풀렸던 막내가 아느냐?

너희 바람물고기 잘도 빠져나간다만 내 검고 어두운 손
을 피할 수는 없으리.

그러다 그년, 제 어둠에 그만 빠져 어디서도 떠오르지
않는다.

그럼 어디로 가라앉았냐?

　막내야, 나도 내친김에 그년 빠져들었던 밤에 발을 들이밀었더니,

　아이쿠 시리다, 나도 펄펄 가라앉았다.

　희고 흰 눈 여기는 또 어떤 나라, 어느 왕자님이 계신 곳일까.

　높고 시리다, 멀고 하얗다.

　그년 찾아 두리번.

　멀리 촉촉 발자국이 찍혀 있네.

　발자국이 세 개씩,

　발가락도 세 개씩.

　따라가봤지.

　저 멀리 새끼 돼지만 한 까마귀가 한 마리, 추위에 쓰러져 있네.

　필시 그년이다.

　그년이 틀림없다.

　그년도 추위에는 못 당하겠는갑지.

　사막불고기도 모래왕자도 바람불고기도 구름왕자도 보

두 그년 손에 스러졌는데,

이제 그년이 이년이 요
년이 쓰러질 차례라고 생각
했지,

그 생각이 나를 키웠지
얼마나 자랐니

이렇게나 크게 자라났
단다.

기문비보다 더 키졌지.

에오스가 벗어놓은 허물도
둘러썼지.

그때 어디선가 쩍 소리가 나는데 그건 눈
이 무거워 부러진 가지 위로 나는 새(鳥) 사
이 커다랗고 흰 두 마리 말 끄는 하얀 마
차 문 열리자 얼음으로 조각한 것 같은
창백하고 키 큰 왕자님 내려 이 가여운
까마귀를 품에 안았다.

그랬던 게로구나 그랬었던 게야

세번째 왕자 얼음왕자를 날로 먹으려고 깍깍 에오스의
허물도 깍깍 말라버리고 아침.

얼음왕자님 결코 녹아내리지 않을 얼음성으로 그년을
끌어안고 돌아왔네

그 궁전의 가장 내밀한 곳에는 빙심(氷心)에 간힌 파란
불꽃이 하나

꺼뜨리지도 않고 살라내지도 않으리라던 시절에 꺼내

놓았던

왕자님 마음이었네 깍깍

어딜 보고 있니 왕자님 눈깔은 사시 눈깔

거울 조각이 박힌 것도 아닌데

어딜 보고 있니 왕자님

눈깔은 푸른 눈깔

새하얀 눈의 여왕을 보고

계시나

그년, 고운 목소리로 깍깍

노래 부르네

왕자님 왕자님 깍깍 나를

돌아보세요

내게 당신의 눈깔을 주세요

깍깍 푸른 눈깔을 주세요

청어도 푸른 눈깔은 가지지 못했지요

그 눈깔이 갖고 싶어 깍깍

그러나 왕자님의 무심한 시선은

눈깔이 파래설까 차

가워설까

왕자님 늘 하얗고 드넓은 설원을 향해 의자를 놓고 앉아

누구를 기다리지 누구를 기다릴까악, 깍 내가 아니면

그년의 조바심 저 눈깔이 그 눈깔인지 아닌지 저 푸른

눈깔

그러는 동안 나는 말라버린 에오스의 허물을 벗어던

지면

얼음물고기가 되어 헤엄을 치지

회랑을 헤엄쳐 하얀,

정원을 건너 하얀,

그 파란 불꽃을 보러

하얀,

달려갔지 하얀,

불꽃이 얼음불꽃이 내게

말했고 나는 들었네.

무슨 말을 하고 무슨 말을

듣는 동안에도

그년의 조바심 깍 조롱

(鳥籠)의 문이 열렸다

후긴과 무닌이 깍 날아가버린 왕자님 어깨

이제 내가 가진 세 개의 세번째 발하고도 가운데 발가

락이

까악 깍 왕자님 푸른 눈깔을 움켜쥐리라.

눈깔 잃고 헤매일 운명의 얼음왕자

눈물인지 빗물인지 녹아내리네 구름왕자

눈을 뜨지 못해 잠만 자는 모래왕자

그년이 가져간 눈깔이 셋

붉고 뜨겁고 희고 가볍고 푸르고 차가운

눈깔 셋

원하고 바라던 그 눈깔이 아니었네

그년도 알지 못하고 나도 알지 못하는 이야기들이

그 눈깔들에 박혀 있겠지만

무너지는 모래성처럼 잡을 수 없는 구름처럼 쥐면 녹아

버릴 얼음처럼

영영 알 수도 알아서도 안 될 이야기

너희 자매들도 모르는 이야기

영혼을 잃고 거품이 되어도 알지 못할 이야기

그런데, 막내야? 넌 그 눈깔이 어디 있는지 알겠지?
이 언니에게만 알려주렴, 쉿!
아무에게도 얘기하지 않을게!


까악

# 아름답고 음란한 책

이 책은 아름답고 음란한 책이다.

아름다움이 음란함과 대척점에 있는 것은 아니다. 아름다움을 설명하기 힘든 건, 설명이라는 행위 자체가 근본적으로 아름다움과 함께 그 자신이 분리되려는 속성을 가지기 때문이다. 아름다움과 음란함은 서로 나뉘거나 분리되는 것이 아님을 설명하려드는 순간, 그 설명이 결국에는 아름다움과 음란함을 서로 분리시키고 만다. 더 이상 아름답지도 음란하지도 않은 단어의 조각들에서, 우리는 설명만으로 결코 설명되지 않는 지점이 있음을 알아보고 이해하게 된다. 설명의 미덕은 단지 그것뿐이다. 아름다움은 그것이 아름답기 때문이고, 음란함 역시 그것이 음란하기 때문이다. 모든 문자들과 문장들이 그 자체의 빛을 가지고 있듯이. ……나는 그 빛을 어둡다고 말한 적이 있다. 빛과 어둠

또한 대척점에 서 있는 것은 아니다.

단어들은 반대말을 가지지 않는다.
언제나 스스로 어두운 빛을 뿜어낸다.

스스로 아름다운 시가 있는 반면, 소설은 본질적으로 아름다움을 설명하고 분리하려는 욕망에 사로잡혀 있다. 그런 면에서 시는 소설보다 우월하다. 그러나 소설 역시 시와 다르게 아름답다. 그 이유는 아름다움을 소설로부터 분리시키려는 악마적인 속성과의 싸움이 바로 소설이기 때문이다. 다시 말해 소설이 더 이상 소설 자신을 문제 삼지 않을 때 아름다움은 소설에서 분리되고 만다. 음란함에 대해서도 똑같이 얘기할 수 있다. 아름답고 관능적인 책은 많지만, 아름답고 음란한 책은 흔치 않다. 왜 그럴까? 관능이 건드리지 않는 것을 음란이 건드리기 때문이다. 바로 윤리다.
그렇기 때문에 더더욱 이 책은 아름답고 음란하며 동시에 윤리적인 책이다. 이 책이 어떻게 소설이 될 수 있는지 끝없이 회의하면서 마지막 페이지까지 읽어낸다면, 어느새 당신의 가슴 한 구석에 한 권의 검은 책이 웅크리고 있는 걸 발견하게 되리라. 어떤 경우든 회의하는 자만이 윤리적이다. 그러나 윤리적인 자는 회의하지 않는다. 당신은 윤리적이고 나는 회의하지 않는다.
이 책을 거리낌 없이 아름답다고 말할 수 있는 이유다.

만지작거리던 시간이 더 길다.

나는 계속 바라봤다.

나는 계속 바라본다.

2011년 7월

김종호